大作家でも口はすべる

文豪の本音・失言・暴言集

彩図社文芸部 編

彩図社

はじめに

「口は災いの元である」と言われます。

確かに、どんなに言葉に気をつけていても、口をついて出た台詞が、思わぬ結果をもたらすことがあります。その場にいないからと悪口を言って、のちのち当人からお叱りの言葉を受けることも、あるかもしれません。ちょっとした冗談のつもりが、売り言葉に買い言葉で喧嘩になる、なんてこともあるかもしれません。

言葉のプロである作家たちも、事情は同じです。名作を生み出し、歴史に名を残した作家と言えども、言葉選びを誤ることは、多々ありました。むしろ、言葉に向き合う人々だからこそ、口をすべらせれば大変です。必要以上に周囲を巻き込み、世間を騒がす問題に発展することも、珍しくはありませんでした。

例えば、師匠である佐藤春夫や井伏鱒二を作品内で皮肉って、大叱責を受けた太宰治。

こき下ろした作家の弟子から決闘を申し込まれた、坂口安吾。

雑誌の後記で、原稿料や各号の売れ行き、もうけの有無まで公開し続けた菊池寛。

新聞社入社にあたり、教師時代の不満を新聞紙面にぶちまけた夏目漱石。

「好きな人の夫になれないなら豚になる」と友人に漏らした、若き日の谷崎潤一郎……。

まだまだ例は尽きません。


こうした作家たちの本音や失言、暴言を集めたのが、本書です。

収録したのは、明治から昭和にかけて活躍した、誰もが知る大作家の逸話。問題発言を含む随筆や手紙、日記、知人らの回想文などから、作家たちの言動を探りました。補足文を適宜挿入したので、あわせて読んでもらえると、前後関係を理解する一助になると思います。


大作家による、人間味あふれるぶっ飛び発言の数々。発言後の反応は、後悔したり、謝罪したり、言い返したり、開き直ったりと、作家によってさまざまです。楽しんで読んでいただけると、うれしく思います。

編者

大作家でも口はすべる◎目次

第二章　酒が入ってうっかり失言

第三章　原稿をめぐるいざこざ

第四章　愚痴や文句が喧嘩に発展

第一章

口がすべって大目玉をくらう

一、佐藤春夫を皮肉って大目玉をくらう太宰治

太宰治は、第一回芥川賞を逃した。だがすぐさま、次の受賞を目指して選考委員の佐藤春夫に猛アタックを開始する。太宰を評価していた佐藤は「金五百円はやがて君がものたるべしとぞ」と激励する一方で、太宰の精神状態を不安視し、治療を受けるべきだと入院を促したりしている（太宰はしぶしぶ入院したが、完治する前に退院）。ほどなくして、第二回芥川賞は該当者なしと決まった。

その後、佐藤に励まされながら創作にまい進した太宰だが、第三回芥川賞にも落選。群馬の温泉で『創生記』を執筆中だった太宰は、この報に衝撃を受けた。急遽、同作の末尾に「山上通信」と題した文を追加する。

同作が発表されると、佐藤に対する批判的な意見が雑誌に載ることになる。「芥川賞をやるという約束を、佐藤が反故にした」と読める内容だったからだ。虚飾を織り交ぜてあてこする太宰に、佐藤は激怒。『芥川賞――憤怒こそ愛の極点』を発表し、『創生記』を妄想的だと断じた。さらに、口をすべらせた太宰を呼び出し、叱責を加えることになる。太宰は謝罪文を持参し、佐藤宅へと向うこととなる。

「芥川賞をくれると約束したのに…」と師匠を作品で皮肉る太宰

山上通信（『創生記』〈より〉）

太宰治

けさ、新聞にて、マラソン優勝と、芥川賞と、二つの記事、読んで、涙が出ました。孫（そん）という人の白い歯出して力んでいる顔を見て、この人の努力が、そのまま、肉体的にわかりました。それから、芥川賞の記事を読んで、これについても、ながいこと考えましたが、なんだか、はっきりせず、病床、腹這（はらば）いのまま、一文、したためます。

先日、佐藤先生よりハナシガアルからスグコイという電報がございましたので、お伺い申しますと、お前の「晩年」という短篇集をみんなが芥川賞に推していて、私は照れくさく小田君など長い辛棒（しんぼう）の精進に報いるのも悪くないと思ったので、一応おことわりしておいたが、お前ほしいか、というお話であった。私は、五、六分、考えてから、返事した。話に出たのなら、先生、不自然の恰好（かっこう）でなかったら、もらって下さい。この一年間、私は芥川賞のために、人に知られぬ被害を受けて居ります。原稿かいて、雑誌社へ持って行っても、みんな、芥川賞もらってからのほうが、市価数倍せむことを胸算して、二ケ月、三ケ月、日和見（ひよりみ）、そのうちに芥川賞素通（すどお）りして、拙稿返送という憂目、再三ならずございました。記者諸君。芥川賞と言えば、必ず、私を思い浮べ、または、逆に、太宰と言えば、必ず、芥川賞を思い浮べる様子にて、悲惨のこと、再三ならずございました。これは私よりも、家人のほうがよく知って居ります。川端氏も私のこととなると、言葉のままに受けずに裏あるかの如く用心深くなってしまう様子で、私にはなんの匕首（あいくち）もなく、かの人のパッション疑わず、遠くから微笑（ほほえ）みかけているのに、かなしく思うことございます。お気になさらず、もらって下さい、とお願いして、先生も、よし、それでは、不自然でなかったら言ってみます、ほかの多数の人からずいぶん強く推されて居るのだから、不自然のこともなかろう、との御言葉いただき、帰途、感慨、胸にあふれるものございました。それから、先生より、かくべつのお便りもなく、万事、自然に話すすんで居ることとのみ考え、ちかき人々にも、ここだけの話と前置きして、よろこびわかち、家郷の長兄には、こんどこそ、お信じ下さい、と信じて下さるまい長兄のきびしさもどかしく思い、七日、借銭にてこの山奥の温泉に来り、なかば自炊（じすい）、粗末の暮しはじめて、文字どおり着た切り雀（すずめ）、難症の病い必ずなおしてからでなければ必ず下山せず、人類最高の苦しみくぐり抜けて、わがまことの創生記、（それも、はじめは、照れくさくて、そうせい記と平仮名で書いていたのが、今朝、建国会の意気にて、大きく、創生記。）きっと書いてあげます、芥川賞授賞者とあれば、かまえて平俗の先生づら、承知、おとなしく、健康の文壇人になりましょう、と先生へおたより申し、よろしく御削除、御加筆の上、文芸賞もらった感想文として使って、など苦しいこともあり、これは、あとあとの、笑い話、いまは、切実のこと、わが宿の払い、家人に夏の着物、着換え一枚くらいは、引きだしてやりたく、（ああ、五百円もらうのと、ちがうなあ。）家賃、それから諸支払い、借銭利息、船橋の家に在る女房どうして居るか、ははは、オドチャには一銭もなし、いや、小使銭三十九銭、机の上にございます。いやだ。いやだ。こんな奴が、「芥川賞楽屋噺（がくやばなし）」など、面白くない原稿かいて、実話雑誌や、菊池寛のところへ、持ち込み、殴られて、つまみ出されて、それでも、全部見抜いてしまってあるようなべっとり油くさいニヤニヤ笑いやめない汚いものになるのであろうと思いました。今から、また、また、二十人に余るご迷惑おかけして居る恩人たちへお詫びのお手紙、一方、あらたに借銭たのむ誠実吐露の長い文、もう、いやだ。勝手にしろ。誰でもよい、ここへお金を送って下さい、私は、肺病をなおしたいのだ。（群馬県谷川温泉金盛館。）ゆうべ、コップでお酒を呑んだ。誰も知らない。

　八月十一日。ま白き驟雨（しゅうう）。

尚（なお）、この四枚の拙稿、朝日新聞記者、杉山平助氏へ、正当の御配慮、おねがい申します。

　右の感想、投函して、三日目に再び山へ舞いもどって来たのである。三日、のたうち廻り、今朝快晴、苦痛全く去って、日の光まぶしく、野天風呂にひたって、谷底の四、五の民屋（みんおく）見おろし、このたび杉山平助氏、ただちに拙稿を御返送の労、素直にかれのこの正当の御配慮謝し、なお、私事、けさ未明、家人めずらしき吉報持参。山をのぼってやって来た。中外公論よりの百枚以上の小説かきたまえ、と命令、よき読者、杉山氏へのわが寛大の出来すぎた謝辞とを思い合せて、まこと健康の祝意示して、そっと微笑み、作家へ黙々握手の手、わずかに一市民の創生記、やや大いなる名誉の仕事与えられて、ほのぼのよみがえることの至極、フランク、穏当（おんとう）のことと存じます。

　幾日か経って、杉山平助氏が、まえの日ちらと読んだ「山上通信」の文章を、うろ覚えのままに、東京のみんなに教えて、中村地平君はじめ、井伏さんのお耳まで汚し、一門、たいへん御心配にて、太宰のその一文にて、もしや、佐藤先生お困りのことあるまいかと、みなみな打ち寄りて相談、とにかく太宰を呼べ、と話まとまって散会、――のち、――荻窪の夜、二年ぶりにて井伏さんのお宅、お庭には、むかしのままに夏草しげり、書斎の縁側にて象棋(しょうぎ)さしながらの会話。

「もしや、先生へご迷惑かかったら、君、ねえ、――。」

「ええ、それは、――。けれども、先生、傷がつくにも、つけようございませぬ。山上通信は、私の狂躁、凡夫尊俗の様などを表現しよう、他にこんたんございません。先生の愛情については、どんなことがあろうたって、疑いません。こんどの中外公論の小説なども、みんな、――」

「うん、まあ、――。」

「みんな、だまって居られても、ちゃんと、佐藤先生のお力なのです。」

「そうだ、そうだ。」

「忘れようたって、忘れないのだし、――」

「うん、うん、――」

だんだん象棋の話だけになっていった。

「僕は今太宰治を異常に憎悪している」師による愛のムチ

芥川賞――憤怒こそ愛の極点〈より〉

佐藤春夫

…創生記はしかし、片仮名で字画がはっきりしているから見やすかった。それが平仮名になり出してから必要なところになったのは偶然ながら意地の悪いものである。

「君、これは困る。いけないいね。こう身勝手な、出鱈目を書かれては。――まるで妄想を事実の如く報告する。この手法はいつでも困るのに。それがこう功利的に。利用されていては。筆者の常識よりは。良心の方を。先ず疑わなければならないね。」

自分は一句一句を、とぎれ、とぎれに言いながら、頁半から次頁の半までつづく一節二三十行を読みおわってから、

「不愉快だね。困った人物だね。」

初めは眼前に当の相手がいるかのように言っていたが、終りにはさすが句調が直って、

「なるほどこれを事実として読んだなら中条百合子ならずとも、こんな徒弟制度を憤(いきどお)ろしく思うし、こんな状態に甘んじて芥川賞を渇望しているのは酸鼻と思われるね。」

「そうですか」寺内は自分が叱られでもしたように長大息して閉口している。

自分は読みおわったあたりを山岸の方へ差し出すと、山岸は、

「そう、そう、そこのところを太宰も先生に迷惑にあたるまいかと出して見せていましたよ。」

「なんだ、自分でも気がついてやっているのだね。——どの程度だかは知らないが。右という事実を左にしてしまって迷惑になるまいかもないものさ。とぼけているのかな。」

「尤(もっと)も最後の方へ行って先生に対する態度は救ってありますね」とこれも寺内はまあ一とおり読んでみたらどうだと婉曲に言っている。

「だが最後まで読んでみたって嘘を書いたことの取消などはあるはずもあるまい。」

自分は目の前の二人の云い分も鈍感な腹立しいものに覚えたがもう口に出して言いたくなかった。それに何分十分に通読したわけでもないから、何はともあれ熟読してからというつ

もりになった。

山岸と寺内とは互に太宰の他の作品を論じ合ったり、創生記の評判を批評したりしていたが、自分が仲間に這入らないので、さすが二雄弁家も沈黙がちにいつもにくらべると早く引上げて行った。彼等が退去したあとで、自分は寝室へ雑誌を持ち込んで貴重な視力を費しながら創生記を仔細に吟味してみるだけの労を惜しまなかった。自分の不快をなるべくはこの作品そのものによって減少させたいと思ったからである。

仔細に吟味するまでもなくこの作品には中条百合子の述べるような（尤もこれも伝聞だけで直接は読まないが）酸鼻の感は絶無であった。何故かというと中条百合子が重要視して事実と思って読んだらしいところはまるで作者の妄想にしか過ぎないからである。太宰の作品は創生記に限らず全部幻想的というよりは妄想的に出来ている。みな一つの夢である。悪夢である。夢のなかに真実を還元して計算するには一定法則があるように太宰の作品を読むにも一定の用意が必要である。書かれていることがすべて事実と見ることは夢の全部を真実と思い込むような幼稚に愚劣な錯覚である。尤も太宰はこれを奇貨として妄想を事実と思い込ませるような仕組みで書き上げている。それとも太宰自身が自分の妄想を自分で真実と思い込んでいるかも知れない。困った者だと自分がいうのは主としてこの点である。事実を事実として知っている自分は、事実が太宰の文章の上で（あるいは頭脳の中で）どれだけ歪曲されて妄想化されているかを明細に知っている。しかし事実も全然知らない読者が、身辺雑記――事実そのままの小説（この拙作などがその最適例）が行われている今日、妄想小説をも錯覚によって事実小説と早合点することはありそうな事である。恐らく太宰はその逆効果を覘（ねら）っているものらしい。このトリックはこの作で忌々しいほど効果を挙げている――いや読者が進んでこのわなに陥（お）ちて行くように仕掛けられてある。太宰が相手の心理を把握するに奇態な才能を抱いている妖人物であることはこの一作でも知れる。しかしその手腕を悪用してこの男は創作の自由という美しい仮面の下で世にも不徳な事共を恬然（てんぜん）と仕出かしている。――自分の憤懣（ふんまん）は偏（ひとえ）にそれに懸っている。

創生記は作の倫理性を暫く無視するとすれば面白く出来ていると言ってもよかろう。この作がもしゴシップ的興味以外に純然たる感興的な作品として成功したものと噂されているなら自分はこれにも賛成していい。才能ある作者の才能を示した作に相違ない。自分の言いたいのはその才能と同時に作者が彼の不誠実な性情を二重三重にも複雑に表示しているのを最も酸鼻に堪えぬ思いで見る者である。――この作者はいかにも業（ごう）の深い男に思われるのである。自分は彼の芸術の業の深さを讃歎（さんたん）する者である。これはお嬢さん育ちで女学校の作文がそのまま名門の令嬢たる特権で世に迎えられるような幸福をそうして一度その事を反省すると自らの特権を自ら呪咀して左翼の論理に拝跪（はいき）する善良無比なお嬢さん気質では、せいぜいそのトリックに迷わされて酸鼻がる程度以上に真の酸鼻を味到（みとう）するに至らないのもおさおさ無理ではないと思う。

　僕は今太宰治を異常に憎悪している。しかし同時に彼の無比な才能を讃歎している。この矛盾が自分のこの作をする動機である。単なる憎悪だけであったら自分は笑って彼を唾棄したであろう。事は甚だ単純でよかったであろうに。

▼佐藤は、『創生記』がいかに虚飾にまみれているかを力説する。芥川賞の候補作は『晩年』ではなく『逆行』だったこと、「ハナシガアルからスグコイ」と電報を送ったのは、『狂言の神』の掲載誌をめぐって不義理を働いた太宰を怒るためだったことなど。ただ、太宰の私生活の乱れを指摘するなど、大人げない記述もあり、『芥川賞』に対する批判も続出した。
▼文中の「山岸」は、太宰の友人で佐藤の知遇を得ていた山岸外史（やまぎしがいし）。評論家となり、太宰や佐藤をはじめとした文壇人についての文を書く。「寺内」は、山岸のいとこの寺内寿太郎。佐藤の『芥川賞』では、「寺内清」の名で登場する。

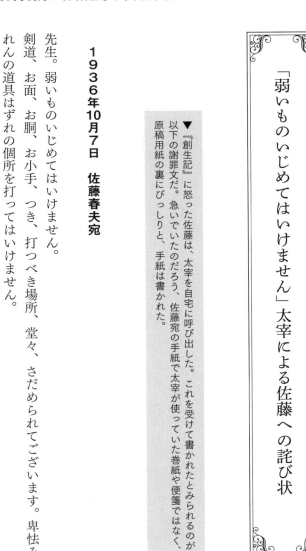

「弱いものいじめてはいけません」太宰による佐藤への詫び状

▼『創生記』に怒った佐藤は、太宰を自宅に呼び出した。これを受けて書かれたとみられるのが、以下の謝罪文だ。急いでいたのだろう、佐藤宛の手紙で太宰が使っていた巻紙や便箋ではなく、原稿用紙の裏にびっしりと、手紙は書かれた。

1936年10月7日　佐藤春夫宛

先生。弱いものいじめてはいけません。

剣道、お面、お胴、お小手、つき、打つべき場所、堂々、さだめられてございます。卑怯みれんの道具はずれの個所を打ってはいけません。

このつぎのおたよりは、寒く暗い療養院から舞い上る。人間、さいごの人として、先生に甘えていた。先日、「先生と気まずいこと起したときには、田舎へかえって教師する」と申しあげたことおぼえているかしら。その日が、来たようです。からだなおして、それから、また、文壇返り咲きの意志、いまは、純粋に、ございませぬ。山岸にも、奥様にも言いたくない。先生にだけ話たいこと、山ほどございます。秋の北海道旅行のお伴できそうなので、さまざまの意味でたのしみにしていましたのに。閨（ねや）の審判信じない。

「けさ新聞紙上にて、文壇師弟の間の、むかしながらのスパルタ的なる鞭の訓練ちらと垣覗（かきのぞ）きして、あれではお弟子が可愛そうだと、清潔の義憤、しかも、酸鼻という言葉に拠って辛くも表現できる一種凄壮の感覚に突き刺されて、あ、と小さい呼び声、女の作家、中条百合子氏の、いちいち汚れなき抗議の文字（もじ）、『文学に、何ぞ、この封建ふうの徒弟気質』云々の、お言葉に接し、いまは猶予の時に非ず、一刻も早く、良き師持ちたるこの身の幸福を、いちぶいちりん、あやまちなく、はっきりお教えしなければならぬ、たのしい義務をさえ感じました。（中略）私、きのうは佐藤先生へ、『ハネ起きて、先生わかりました！五百円は一時。将来は永し。千万の弱く美しき青年のため、私のため、先生のため、山ほどの仕事があった。アリガトウ存ジマス。この答案、百点満点しかるべし。』という内容の手紙を投函しての帰りみち、友人の山岸外史とひょっこり逢った。七月、上野不忍池畔の一夜以来はじめての対面である。山岸、莞爾と笑って、『きょうは、佐藤春夫先生の御使者だ。工合い見て来い、との親心さ。』しまった！先生、御使者の山岸から深きことども承り、私のめくらを恥じました、云々と書いてお知らせしたのなら、百点満点は笑止の沙汰、まさしく佐藤家の宝物になれたのに、と残念むねんへそを噛むが如き思いであった。そのことのありのままを山岸に告げたところ、山岸しさいらしく腕組み、『君、それが悪い。何も、そんなにまでして、君の功を僕にゆずる必要なし。たいへんの悪癖だ。君がひとりでそこまで気づいてくれたならば、僕たち、こんなに嬉しいことがない。僕、その手紙に間に合わなくて、かえってよかった。』（中略）師弟の間、酸鼻の跡なし。酸鼻は、むしろ、師に捨てられ垣を焼かれた瓜の花。」以上四枚の感想文（中略は、先生に関すること全くなきが故を以て、中略としただけにて、他意ございませぬ。）発表の責任を負い、東京朝日新聞社文芸部杉山平助氏あてに、九月二十九日送附して、十月一日また私の手許に舞いもどされ、のち、東京日々新聞社学芸部高原四郎氏へ掲載依頼いたしましたが、御返事なく、ちょうど「文芸通信」の土屋清志氏から、『林房雄氏が読売（よみうり）で君に呼びかけているから返事せよ』と言って来ていて、私、『自分は、いま病気で、しかも十一月中には入院しなければならぬからだゆえ、ハンデキャップがついていて、私さめざめと泣いて語れば、世俗のものみな私に同情するでしょう。百米競争ならば、二十米も、もっとさきでスタアトさせられるから、いやだ。どんな論争をも避けたいのです。二年後、酒を呑んでも血の出ない頑丈（がんじょう）の男になって、殴り合いしても、充分に力出し切って争い得る状態にまで恢復（かいふく）して、それから、みんなへ御返事申します。それに私は、林氏の文章読んでいませぬ。」と言うて断り、右の一文を、かわりに送附いたしました。十一月号掲載、そのとき、たのみますから、きっと、御一読下さい。

いまの私、殴るにも、非難するにも、叱咤するにも、たいへんいやな相手の、二十八歳男児、父亡し、母無し、妹（いも）なし、われをチチと呼ぶ青く痩せたるふびんの子もない。先生、私を厳正叱咤、いまはいけませぬ、二年後、からだ恢復。これより厳粛の生計一歩踏み出した。朝、太宰待て、と呼びとめて、面上に唾して下さい。いまより、百倍いたくひびくでしょう。判断、おそきほど正確にできます。いまは無理ゆえ、お待ち下さい。きっと、豆腐に針のおなげきのみのこることと存じられます。四、五日の中に女房お伺い申させます。私、一言の指図せず、ただ、「充分、敬意わすれず、失礼の段なきように。」それのみを厳に申し渡しておきます。以後も、わが身へ、何かよきこと起ったら、すべて、先生のお力とのみ信じています。

一昨日、文芸春秋の人から、「死ぬ、死ぬ、と脅迫（きょうはく）、いったい君は、なんの権利で、ここへ来るのか。」とののしられた。宿なし犬の汚い者に見えたのだ。原稿かえされた。六十枚。

壁の声。「薬品の支払いが苦しいのさ。ほっておくのが友情さ。」「何を言うのだ。これがそのまま生活苦。」七月初旬、上野不忍池畔以来、思うことあり、秋まで、一人の共とも私語を交えず、神の憤怒の鞭の苛烈おしえられ、笑顔わすれて、口がきけなくなったのだ。「上へ上へとのがれ行く。」先夜、山岸にも言いたくないことたくさんあって、山岸、多少、沸然たる貌にてかえりました。泊ってゆけとも言いたくなかった。

▼文中の（中略）は原文ママ。
▼『文芸通信』の土屋が太宰に求めたのは、林房雄が書いた「苦渋と狂喜 近頃文壇私憤録（三）」への返事。同作で林は、太宰の近作を非難していた。『文芸通信』11月号に掲載されたのは林への返事ではなく、『先生三人』という作品。佐藤春夫、井伏鱒二、菊池寛が「誇るべき先生」として紹介されている。
▼文藝春秋に断られた60枚の原稿は、1937年1月発行の『改造』に、『二十世紀旗手』の題で掲載された。
▼この手紙が書かれて間もない10月13日に、佐藤春夫、井伏鱒二の強い勧めで、太宰は武蔵野病院へと、強制的に入院させられる。それから約1カ月後、パビナール中毒を根治して、太宰は退院することができた。この入院体験で人間不信を強めたことが、『人間失格』の下地になったといわれる。

二、井伏鱒二を怒らせて平身低頭の太宰治

井伏鱒二は、佐藤春夫と共に太宰が慕った文壇の師。大学入学間もない頃、手紙を粘り強く送って、井伏との対面に成功した太宰（2度目か3度目の手紙で、「会ってくれなければ死んでやる」と書いたのが効いたらしい）。以降、創作活動のみならず、私生活全般にわたって、ふたりは交流を深めていく。

井伏を師として敬う一方で、太宰は井伏にたびたび粗相（そそう）を働いた。井伏の手紙を勝手に作品に載せたり、作品内で井伏をユーモラスに描いたり……。佐藤を怒らせた『創生記』にも、井伏の名前を出していた。ふたりとも本当のことを嘘のように、嘘を本当のことのように語る作家だったから、太宰からすれば「井伏さんならわかってくれる」という感覚だったのかもしれない。

だが、さすがの井伏も、我慢ができずに太宰に怒りの言葉をぶつけることもあった。悪ノリを怒られた太宰は、井伏宛に手紙を送付。井伏の機嫌をなおそうと平身低頭、謝罪の気持ちを表すことに努めている。

著作の帯文に井伏の手紙を無断で拝借する太宰

井伏様
短篇集「晩年」ただいま御送り申しました。いろいろ失礼の段おゆるし下さい。
むだんにて、貴き文を拝借いたし、罪ふかきことと存じ一両日中、仕事一段落ののち、あらためて、おわび申し納めます。井伏さんを傷つけること万々なしと信じて居ります。
この五六日、死ぬほど多忙、おゆるし下さい。

（太宰治から井伏鱒二への手紙【1936年6月21日】より）

▼『晩年』は太宰初の短編集。この著書の帯文に太宰は「左記は五年のむかし、昭和七年初秋、弊衣破帽、蓬髪花顔の一大学生に与えし、世界的なる無染の作家、井伏鱒二氏の書簡である」と書いて、井伏の手紙を勝手に掲載している。井伏の手紙は、短編『思い出』をほめる内容だった。ちなみに帯の裏面には、佐藤春夫が太宰を批評した山岸外史宛ての手紙が載せられた。こちらは山岸が佐藤に許諾を得ている。

「なぜ手紙を勝手に載せたのか」と井伏から詰問されて窮する太宰

1936年7月6日　井伏鱒二宛

井伏さん「どういうことになっているのか伺います。」
太宰、沈思数刻、顔あげ、誠実こめて「かなしきことになって居ります。」

井伏様
おハガキただいま拝誦（はいしょう）いたし、くりかえしくりかえし、わが心の奥にも言い聞かせ眼が熱くなって、それから、はね起きて、れいの悪筆不文、お目の汚れにならぬよう、それでも一字、一字、懸命でございます。
被告の如き気持ちにて、この六月、完全にひと月間、二、三百のお金のことで、毎日、毎日、東京、テクテク歩きまわって、運のわるいことのみつづいて、死ぬること考え、己の無知の家人には、つとめて華やか、根も葉もなきそらごとのみ申しきかせ、死ぬる紀念に家人をつれて、同伴六年ぶり千葉市へあそびに行きました。

千葉のまちまちは、老萎のすがた、一つの見るべきもの無之、活動写真館へ、ラムネと、水気なきナシと、を買いいれて、はいり、暗闇の中で大いに泣きました。

ときどき、ひとりで泣きます、男の「くやしなみだ」のほうが多く、たまには「めそめそ」いたします、六月中、多くの人の居るまえで、声たてて泣いたこと二度。誠実のみ、愛情のみ、ふたつのこりました。わが誠実、わが愛情、これを触知し得ぬひと、二人、三人、われから離れ、われをののしり居ること、耳にはいり、神の子キリストの明敏、慈愛、献身を以ってしてさえ、なかなかにゆるされ得ぬ、かの審判の大権が、いま東京の一隅にて、しかも不敏、早合点にて用いられて居るらしいのがかなしく、すぐさま井伏さんへわが愚痴、聞いていただきたく、いつわりませぬ、三度書いては破り、書いては破りいたし、このわが手簡もむずかしく、かきはじめてきょうで五日目でございます。友人の陰口申したくなかったからです。御明察ねがいます。

井伏さんからは、お手紙の不許可掲載については、どのような御叱正をも、かえってありがたく、私、内心うれしくお受けするつもりでございました、けれども、他の四、五人の審判の被告にはなりたくございませぬ。

「文學界」の小説の中の、さまざまの手簡、四分の三ほどは私の虚構、あと三十枚ほどは事実、それも、その御当人に傷つけること万々なきこと確信、その御当人の誠実、胸あたたかに友情うれしく思われたるお手紙だけを載せさせてもらいました。御当人一点のごめいわくなしと確信して居ります。真実にまで切迫し、その言々尊く、生き行かん意欲、懸命の叫びこもれるお手紙だけを載せさせてもらいました。

私は、今からだを損じて寝ています。けれども、死にたくございませぬ。未だちっとも仕事らしいもの残さず、四十歳ごろ辛（かろう）じて、どうにか恥かしからぬもの書き得る気持ちで、切実、四十まで生きたく存じます。

タバコやめました。注射きれいにやめました。酒もやめました。ウソでございません。生き伸びるために、誠実、赤手、全裸、不義理の借銭ございますが、これは国の兄へ、かえしていただくようたのみ、明日お金着いて皆へ返却申すはずでございます。死なずに生きて行くために、友人すべて許してくれることと存じます。私ひとり、とがめられ罰せられます。私の心いたらず、私の文いたらぬ故と、夜々おのれを攻めて居ります。（十夜に一夜は、わが身ふびんに思うことございます。）

近日、おわびに参上いたします。「武者（むしゃ）ひとり叱られている土用干（どようぼし）。」という川柳思い出し、なつかしく微笑。子供が土用干の家宝のかぶとかぶって母に叱られ泣いている図。むかしのままの私です。まごまご、吃咄。迂愚のすがた。

夾竹桃咲いているうちに、いちどおいで下さい。(伊馬兄も。)成田山、中山の鬼子母神さますぐ近く、慶ちゃま、ばば様、奥様、みんなおいで下さってもちっとも困らず、生涯たのしき思い出になります。

おねがいいたします。ヒナ子ちゃん、大ちゃん、ずいぶん伸びたことと、お目にかかる日、たのしみでございます。

言ってしまったら、からっとして、もう、みんな飛散消滅、なにも、のこらず、ただ深き蒼空のみ。誠実一路。

修治拝

井伏鱒二様

追伸　出版記念会すべて本屋に一任いたしました。

▼井伏が太宰に怒ったのは、『虚構の春』に、太宰が井伏の手紙を無断で使用したため。文中の「文學界」の小説を指す。この時期、太宰は鎮静剤として使われたパビナールの中毒になっていた。精神的にも不安定で、井伏と佐藤も心配していた。この手紙を送ってまもなく、太宰は武蔵野病院へと入院している。文中の「注射」は、パビナールのこと。タバコ、注射、酒をやめたと書いているが、実際にはいずれもやめていなかった。

井伏に謝るはずなのに口がすべって「死にます」と宣言

1936年9月15日　井伏鱒二宛

私はまた井伏さんを怒らせたのじゃないかしらん。

言葉のままに信じて下さい。

井伏さんと気まずくなったら、私は生きていない。昨日、くにから人が来て、苦(にが)きこと多かった。大声あげて言い争い、四十歳を五つ、六つ越した男が二人来ました。お互い情の押し売り。私は「ありがとう」と言ってやった。二円置いてかえりました。

井伏さん、私、死にます。

目のまえで腹掻(か)き切って見せなければ、人々、私の誠実信じない。莞爾(にっこり)の微笑の似合う顔なのに、みな、よってたかってしかめつら、青くゆがんだ魔性のもの、そのマスク似合う、

似合うと拍手喝采。（誰も遊んでくれない。人らしいつき合いがない。半狂人のあつかい）

二十八歳、私にどんないいことがあったろう。了ねん尼（この名、明確でない）わが顔に焼こて、あてて、梅干づらになって、やっと、世の中からゆるされた。了然尼様の罪は、——ただ——美貌。文壇には、女のくさったような男ばかりだ。

昨日、くにの者と、左の如く定めました。

十一月までにこの世の名ごり、せめて約束の仕事かたつけ、高原の業、短かくて、二年、一切、筆をとらず、胸の疾患なおるまで、上京不能、なおるかどうか、「なおらぬ、」というのは「死ぬ」と同義語です。いのち、惜しからねども、私、いい作家だったになあと思います。今年十一月までの命、いい腕、けさもつくづく、わが手を見つめました。

井伏さん、御自身、もっともっと、ご自愛下さい。

井伏さんは、ずいぶんいい人なのだから。

世界で三人尊敬している女性ございます。

奥様、その中のお一人。淋しくかなしいお方と存じます。

むかしもいまもいちぶいちりん変らぬ愛と敬意とを以て

修　治

（自分でいうのもおかしく、けれども、「私、ちいさい頃から、できすぎた子でした。一切の不幸はそこから。」

　どんなに怠けても、乙（オツ）とったことなくいつも首席の罪。

私の「作品」または「行動」わざと恥しいバカなことを択んでして来ました。小説でも書かなければ仕様がない境地へ押しこめるために。無意識なし。）

▼冒頭の「井伏さんを怒らせたのじゃないかしらん」は、『創生記』の「山上通信」で、井伏の名前を出したことを、指していると思われる。「了然尼」は、江戸時代前期の尼。後水尾天皇の中宮らに仕えた。江戸で黄檗宗の禅僧に入門を乞うたところ、美貌のために拒否されるが、自らひのしで顔を焼いて、ようやく入門を許された。

井伏鱒二を怒らせた太宰作『富嶽百景』の問題個所

井伏氏は、濃い霧の底、岩に腰をおろし、ゆっくり煙草を吸いながら、放屁なされた。いかにも、つまらなそうであった。

（太宰治『富嶽百景』より）

▼『富嶽百景』は、井伏鱒二が逗留した御坂峠の天下茶屋でのできごとを、「私」が語るという内容。のちに井伏は『亡友』で、「放屁は太宰の創作だ」と、ユーモラスな筆致で描いているが、『富嶽百景』の中身を知った直後は笑い話で済まさずに、太宰に怒りの手紙を送ったらしい。その怒りに対する太宰の弁明書が次ページのもの。

井伏が「放屁なされた」と書いたことを謝罪する太宰

1939年1月24日　井伏鱒二宛

謹啓
本日は書留をほんとうにありがとうございました。

おかげさまにて、私たちもどうにか大過なくやって居ります。仕事もすすんで居ります。

御近親御危篤の由にて、どなた様でございましょうか、不安でございます。御恢復（ごかいふく）を神かけて祈って居ります。

きょうは御叱正（ごしっせい）、汗顔の極でございます。ごめん下さいまし。あの小説で井伏様への私の尊敬と謝意をも表わしたく思い、少しも傷つけること無しと信じて発表したのでございますが、いま深く考え、やはり小説に、事情の如何（いかん）を問わず本名を出すことは、井伏さんのお気持に何かとわずらわしさ加えるのみにて、かえって失礼であると思い当り、恐縮して居ります。私はうかつでございました。

どうかおゆるし下さい。

以後は勿論、いかなる場合でも、絶対に、このあやまち、繰りかえすことございませぬ。

三月号にも、あの続篇のようなもの書き、昨日すでに送りましたが、その中にも、井伏氏という文字を二度、用いました。

本日、早速、文体社へ速達にて、その箇所の改正を依頼いたしました。くどいほどたのんでおきましたから、十に八九は、間違いなく訂正してくれると信じますが、けれども人事、思わぬ手ちがいにて万々一　ほんとうに、それは、万々一の場合ですが、手ちがいあったときのことさえ心配にて、もし訂正されてなかったら、どうしようと、それのみ心配でございますが、たいてい大丈夫と思います。

後半に、

『井伏鱒二氏のお世話になった』と、それから、『井伏氏のお宅で、していただけるようになって、』と二箇所に、ついお名前用いて、二十三日月曜朝に文体社に送ったのでした。

本日、井伏さんからの御叱正に接し、文体社へ、すぐ訂正たのんだのです。

どうか、そのへん衷情、お汲取りのほど願い上げます。

文体社でも、きっと訂正してくれるだろうと思います。

今後は、絶対に同じあやまち、繰りかえしませぬ。

竹村書房から、「委細承知した、原稿送れ」という電報まいりましたので、不取敢（とりあえず）、原稿整理にとりかかって居ります。一週間以内には竹村に送附できると思います。

きょうは、お礼やら、おわびやら、お見舞やら、不文ごたごたしてしまっておゆるし下さい。

御病人の御快癒を祈って居ります。

一月二十四日　　　　　　　　　　太宰　治

井　伏　様

▼井伏のことはもう書かないと誓った太宰。だが、この手紙を送った3年後に、誓いは破られる。『小照』という短い作品に、井伏について太宰は書いた。「井伏さんとはもう書かないと約束したけど、編集者に乞われて仕方なく」とユーモラスに描きつつ、井伏の人となりを伝えている。

三、兄を呆れさせて恐縮する太宰治

太宰治は、青森県五所川原（ごしょがわら）市の出身。本名は津島修治（つしましゅうじ）で、地元政治に影響力を持つ、大地主の家に生まれた。10代半ばで父が亡くなると、年長者の文治（ぶんじ）が家督を継ぎ、津島家を取り仕切るようになる。文治は太宰より11歳年上。地元・国で保守系の政治家として活動する、謹厳な人物だった。

文治からすると、太宰はいろいろと悩みの種だった。学生時代に左翼活動に傾倒したり、心中未遂事件を起こして新聞沙汰になったりと、名家にあるまじきスキャンダルを、たびたび起こしたからだ。創作活動をはじめたのちも、太宰は家族を題材にした作品をいくつも書いた。文治は気が気でなかったという。

太宰も文治に苦手意識を持っていたようが、親族への気安さからか、金銭面では甘えてばかり。実家の仕送りで生活し、借金も頼んだ。それでも問題を起こす太宰に、文治も堪忍袋の緒が切れることも。太宰がパビナール中毒の治療を終えて退院したときには、「今後は必要以上の援助をしない」という約束書まで交わしている。

家族を小説の題材にする太宰を苦々しく思う兄

私は彼のものを読んで家のことに触れている個所にくると「あっ、またここで修治のヤツに一発やられている」などと思ったものです。

（津島文治『肉親が楽しめなかった弟の小説』より）

▼太宰の印象を滅多に語らなかった文治だが、1973年の『月刊噂』6月号で、太宰について言及している。『肉親が楽しめなかった弟の小説』というタイトルが示すとおり、文治は太宰の小説を好まなかった。津島家をモチーフにして身内の内幕を暴露するような作品ばかりに見えたからだ。鎌倉時代を舞台にした『右大臣実朝』にも津島家がモチーフに使われていると気づいて、閉口したと述懐している。

兄からの叱責に対して謝罪しつつ、金を借りようとする太宰

1936年8月7日　津島文治宛

微笑誠心《宛名の横に書かれた言葉》

謹啓　　　　　　　　　　　　　　　修治

喜んでいただけると信じていた不文、すべて御不快のもと　きっと　お金持ち（一例あぐれば、河上徹太郎氏）の知人　おしらせの拙文など御不快の頂点と存じます。

卑下もせず驕りもせず一図に正確、期して、一寸五分のものは、一寸五分、わがアリノママお知らせしようと企て、わが、人いたらず御不快かってしまいました。

胸中、おわびの朽葉で一ぱいでございます。

佐藤先生、井伏先生、ともに「きみの兄さん、きみをはげますためにしばらくのお苦しみ

しのんで厳格にして居られるのだから、よろしく発ぷん勉強せよ」と言われ、私も深くうなずき、努力ちかいました。

　ときどき肉体、わるいちょうこう見えて、心細く眠られぬ夜のみつづきます。

　このたび一日早ければ、いのち百日のびる事情ございました。

　昨日けいさつ沙汰になりかけ、急ぎ質屋呼び百五十円つくり、当分これでよいのです。タンスからになりましたがことしのうちに全部とり返す自信ございます。

　八月十日前後（十二日朝）に五十円姉上様へお送り申しあげ、八月末日にまたのこりお送り申します。子供のママゴトみたいで姉上様きっと微苦笑なさるでしょう。でも男の約束ゆえ、お叱りなさらず、おあずかり願います。

　芥川賞ほとんど確定の模様にて、おそくとも九月上旬に公表のことと存じます。

　そのほかお知らせの事実すべていつわりございませぬ。お約束の「菊水譚」と「肩車」（編注：佐藤春夫の歴史小説集『掬水譚（きくすいものがたり）』と、井伏鱒二の随筆集『肩車』のこと）は、小館善四郎君へ持たせてやりました、四、五日中に御入手のことと存じます。

　私わるいのは十指ゆびさすところ十目見るところ確実にて、きょうまで生きて在ることの不思議、（昨年三月の自殺については、近々、一字いつわらず発表できます。狂言などの、人の誠実わからぬ不幸の人きっと赤面いたしましょう）これから私、感謝のため平和のためにのみ書きます。

　この世に悪人ございませぬ。

復讐、戦闘など、芸術を荒(すさ)ませるばかり、私、まちがっていました。この二十日間、流石に苦しく死ぬこと考えましたが、死ねばお金かえせず（お金できるとなら、死んでいたかも知れません）一日一日生きのびました。これから皆様へ、御恩報じ、決して死にませぬ。

苦しさも、過ぎたら、一時、立派の仕事いたします。

他に兄上をよろこばし得る吉報ございますが、まえぶれ致さず、突然お目にかけます。

私、ちっともひがんで居りませぬ。

兄上様は、私が十歩すすみ、少しえらくなったつもりで汗拭うていると、兄上は、すでにすでに、私のまえ、五十歩まえと黙々あるいて居られます。

（お世辞に非ず）

英治兄上は三十歩まえを、黙々誇らず歩いて居ります。圭治兄上、二十八歳でなくなられ、いまの私と同じとしなのに、やはり私より、五つも六つも、老けて大人(おとな)の感じで、何歳になってもこうだろうと思っています。兄にはかないません。

　自己弁解申しませぬ。友人の歌一首。

　この路を泣きつつ我の行きしこと

わが忘れなば誰か知るらむ

拙著「晩年」の中に、五、六ケ所、浅い解釈、汚いひがみがきっとございますでしょう。私「めくら草紙」を除き、他は皆、二十五歳以前の作品でございます。以後三年、（三十年もの思い、ございました）心鏡澄み、いまの作品と全然ちがいます。御海容下さい。十日間くるしゅうございましたが、愚妻などにとっては、やりくり、得がたき修練になったと内心、女房いい気味、などと、楽天居士たる私、今はのんきにして居ります。

時が来れば判ることと確信ゆるぎませぬ。

毎月九十円のお仕送り、どんなに大きい御負たんか、最近やっと判り、自責、恥かし、尻に火のついた思いでございます。乱筆笑許して下さい。

▼この手紙の前から、太宰と文治は手紙でやりとりをしていたらしい。その中に、文治が太宰を叱責する手紙があったようだ。詳細は不明だが、どうやら太宰は借金を申し込もうとしていたらしい。佐藤、井伏の署名入り著作を送ったのも、文治の機嫌をとるためだろう。この時期には佐藤に、「兄と仲良くなってお金を送ってもらいます」という旨の手紙も送っているから、あの手この手で文治からお金を引き出そうとしていたとみられる。

「約束した金は送るが三年は会わない」覚書から伝わる兄の怒り

▼武蔵野病院退院時、太宰と文治の間で交わされた覚書。「文治は太宰に月90円の生活費を送る」という内容。ここには書かれていないが、「90円は3回に分けて、井伏の手から太宰に渡す」という約束も交わされた。文治は太宰を完全に見捨てはしなかったものの、文壇でスキャンダルを連発する弟に愛想をつかしたのか、「向こう3年は会わない」という文も、覚書に入れている。

昭和十一年十一月十一日午後五時武蔵野／病院ニ於テ左記約束ス

甲ハ　文治

乙ハ　修治

一、甲ハ乙ニ対シテ只今（ただいま）ヨリ毎／月金九拾円也ヲ給シルモノトス

二、乙ハ今迄（いままで）デノ生活ヲ改メ全然／真面目ナル生活ヲ行フ事

三、（一）ニ定メタル金額ヨリ甲ハ金銭／ハ勿論物品等一切送ラズ

四、此ノ約束ヲ行フ後ハ甲ハ乙／ニ対シテ向フ参ケ年間会ハズ／今迄デ乙ニ対シル関係者

北氏／中畑氏モ甲ト同ジ行動ス

五、（一）ニ約束セシ毎月九拾円ハ昭和／十四年十月　卅（さんじゅう）日マデトス以後ハ／全然補助セズ

六、病気其ノ他何レノ場合ト雖（いえど）モ／一切金銭及物品ノ補助セズ

右　後日ノ為（た）メ如件（くだんのごとし）

甲　側　津島文治

乙　側　津島修治

同　初代

立会人　井伏鱒二／北芳四郎（きたよししろう）／中畑慶吉（なかはたけいきち）

▼立会人として井伏鱒二の他、津島家と親交が深く太宰の面倒を見ていた洋服仕立屋の北芳四郎と、呉服商の中畑慶吉が同席した。このふたりは太宰の作品『帰去来』でも、重要人物として登場する。太宰に呉服を用意したり、太宰と文治との間をとりもったりと、津島家のために尽力する姿が描かれている。

第二章

酒が入ってうっかり失言

一、酔ってついつい暴言が出る中原中也

詩人・中原中也の酒癖の悪さは、仲間内ではとにかく有名だった。誰彼構わず暴言を吐き、議論で言い合いになることも多々あった中也。中也と親交のあった編集者は、こう語っている。

「中也は飲みに行く先々で、気に入らない人間がいると、よく絡んだりしましたが、そしてひどい時は、テーブルの上にあぐらをかいたりしてわめいたりしました。それには彼一流の理屈がそれなりにあって、そんな時中也は、さすが彼独特の人の意表をついた言葉を使って、相手をやっつけていました」（野々上慶一『中也ノオト』より）

寂しいからこそ酒を飲まずにはいられないのだろうと、中也をかばう友人もいたが、凄絶なからみを嫌がって、中也を避ける者のほうが多かった。酒が抜けると中也も反省するらしく、謝罪の手紙を送ったりしている。だが、結局は酒に手を出して、すぐさまトラブルを起こしている。酔った勢いで民家にいたずらをしたところを見つかって、警察に連れ去られることもあった。

酔った中也のせいでバー「ウインゾア」が潰れた話

中原が此処でよく喧嘩をしたものだが、喧嘩を仕掛けてなぐられるのは何時でも中原の方だった。この酒場は丸一年ぐらいしか続かなかった。宵の口に来て中原が毎晩がんばっているので、誰も寄りつかなくなって潰れたのである。

（青山二郎『酒場「ウィンゾァーの頃」』より）

▼中也や多くの文学者が慕った文化人・青山二郎の回想。中也は青山を「ジイちゃん」と呼んで親しみ、青山宅によく現れた。のちに青山が住むアパートに引っ越しまでしている。その青山の義弟夫婦がバー「ウィンゾア」を営むと中也は入り浸るようになったが、誰彼構わずからむせいで、客が寄りつかなくなったようだ。

友人が語る、女をめぐって喧嘩した中也の様子

そのウインザーでよ、中原が飲んでね、ある時、ヤクザみたいな兄サンにひどくなぐられてね。一方の頬はゲンコで、一方の頬は壁でいやというほどなぐられ、顔をはらして帰ってきたんよ。その時ね、『どうしたのよ』ときくと、『やった奴は小林の用心棒だよ』とか、何とかいっていた

（野田真吉『中原中也』より）

▼中也の友人・高森文夫の証言。「ヤクザみたいな兄サン」は、文藝春秋社の菊池武憲。「小林」は小林秀雄のこと。小林と交流のあった菊池が、中也ともめて喧嘩になったらしい。中也と小林が好意を寄せていたウィンゾアの洋子（本名：坂本睦子）をめぐって、いざこざになったようだ。なお、中也も小林も洋子に求婚したが、結局は両者ともフラれている。

一日中酒を飲み、酔いから覚めた中也がしんみり一言

高森、貴様は魔物だぞ！

（高森文夫『過ぎし夏の日の事ども』より）

▼中也は高森文夫の家に1週間、滞在したことがある。朝も夜も酒を飲み、休むことなく話す中也。酔っていないときにはしんみりと、上記のように言ったという。高森はこのときの経験を、「まるで他の遊星から墜ちてきたようなこの男との一週間は随分と骨が折れた」と回想している。

飲酒後に遊びに行くときの中也の金のせびり方

ヤイ金をかせ

（坂口安吾『二十七歳』より）

▼ウィンゾアで中也と親しくなった、坂口安吾の回想。一緒に飲んでいて金がなくなると、中也は知人のもとへと向って、金を無理やり借りたらしい。のちにフランス文学者になる中島健蔵も標的にされたようで、中也は脅迫するように、金を借りていったようだ。そのせいで、中島は中也を見かけると逃げ出すようになったという。

警察に拘留されたときの経験を思い出す中也

留置場みたいなところへも、いっぺんは入ってみるのもいい

（中原フク『私の上に降る雪は』より）

▼母フクに、酒席で漏らした言葉。渋谷で飲んだ帰りに町会議員宅の軒灯を壊したために、中也は留置場に15日間拘留されたことがある。各房は暴力団や思想犯の被疑者でいっぱいだったという。この経験後、中也は警察を非常に恐れるようになった。

初対面の相手の前で悪酔いしたことを謝罪する中也

二伸。　打開けて云えば、先達から二三の人が自分のフィリスティン根性のために、僕を酒くせの悪い奴ということにしてやれと思ったことを憤慨していた矢先、――だから初めて一緒に飲む君の前では尚更気を付けようというような気持が最初起った。（そういう気持は、僕自身思うには僕に昔からあったものではない！）その自分の気持に腹が立ったので、遂々反対をやってしまった。

斯く今日弁解するようでは、alone with God でもないわけだが、今僕はむしょうに悲しいので、この手紙を書くまでだ。

（中原中也から小出直三郎への手紙【1929年11月25日】より）

▼はじめて酒を飲んだ小出直三郎に、中也が後日送った手紙から。この数日前に、友人含め３人で、酒と食事を楽しんだ中也。店を出る頃にはすっかりでき上がり、道行く労働者風の男に、拳を上げて大声でからんでしまう。そのときの失態を謝罪している。手紙を受け取った小出は、自分に謝ることはないのにおかしなやつだと回想している。

帰れと怒鳴られてつい逆ギレする中也

こんなにしげしげ来てやるのは
おめえのところだけだぞ。
どこかでおれの中傷を聞いて来たな

（小出直三郎『訪問魔中原中也』より）

▼初対面での失態を詫びると、中也は小出宅へ毎夜泊りにいくようになる。酔いながら大声ではしゃぎ、恨みごとを言う中也。さすがにやりきれなくなって、小出は帰るよう怒鳴りつけた。すると中也は上記のように言って、暗い外へと出て行ってしまう。その後、中也が小出の家までくることはなくなったという。

二、坂口安吾の破天荒な飲みっぷり

戦後まもなく『堕落論』を発表して、文壇の寵児となった坂口安吾は、酒をこよなく愛する作家だった。ビール、日本酒、焼酎、ジン、ウイスキーなど、あらゆる酒を浴びるほど飲んだ安吾。酔いつぶれても迎え酒だと称してさらに飲み続けるような、破天荒な飲みっぷりだった。友人の檀一雄によると、出版社からふんだくった印税の前金で酒を飲み、その勢いで劇場の2階から飛び降りたこともあったという（檀一雄『小説 坂口安吾』）。

酒にまつわる種々の経験を、安吾は随筆で何度も書いた。酒を介して親しくなった文壇関係者の話や、喧嘩相手と酒を飲んで仲良くなった話、酔いつぶれたときに招かざる客がやってきて激怒する話など、破天荒な作品をこれでもかと書く安吾。相手への不満を爆発させて、トラブルを引き起こすこともあった。以下に載せた『私は誰？』『負ケラレマセン勝ツマデハ』からは、そうした安吾の気性が、存分に伝わってくる。

文学者たちの飲みっぷりを語る安吾

私は誰?〈より〉

坂口安吾

私はここ一カ月間に五回も座談会にひっぱりだされて困った。考えながら書いている小説家が喋ったところで、ろくなことは喋るはずがない。アイツは好きだとか、嫌いだとか、馬鹿げたことだ。

文学者は、書いたものが、すべてではないか。

私は座談会には出たくないが、石川淳が一足先に座談会には出席しないというカンバンをあげたので、同じカンバンをあげるのも芸がないから仕方なしに出席するのだけれども、ろくなことはない。

林芙美子との対談では、林さんが遅れてきたので、来るまでにウイスキーを一本あけて御酩酊であり、太宰治、織田作之助、平野謙、私、つづいて同じく太宰、織田、私の三人、このどちらも織田が二時間おくれ（新聞の連載に追われていた由）座談会の始まらぬうち太宰と私はへべれけ、私はどっちのも最初の一言を記憶していただけである。速記の原稿を読んでみると、酔っ払うと却って嘘をついているもので、おかしかった。

ずいぶん無責任な放言、大言壮語で、あさましいが、読者は喜ぶに相違なく、私も読者のオモチャになるのは元々好むところで、私は大馬鹿野郎であることを嘆かない。

けれども私は座談会は好きではない。その理由は、文学は語るものではないからだ。文学は書くものだ。座談会のみならず座談すること、友達と喋り合うこと、それすら、私は好まない。

私は文壇というところへ仲間入りをして、私の二十七の時だったか「文科」という雑誌をだした。発行は春陽堂、親分格のが牧野信一で、同人は小林秀雄、河上徹太郎、中島健蔵、嘉村礒多（かむらいそた）、それに私などだったが、このとき私は、牧野、河上、中島と最も飲んだが、文学は酔っ払って語るもの、特にヤッツケ合うものというのが当時流行の風潮で、私にそういう飲み方を強要したのは河上で、私もいつからか、文学者とはそういうものかと考えた。小林秀雄が一番うるさい議論家で、次に河上、中島となると好々爺、好々青年か、牧野信一だけは議論はだめで、酔っ払うともっぱら自惚れ専門で、尤（もっと）も調子のかげんで酔えないことの方が多い気分家だから、そういう時は沈んでいる。彼の酔った時はすぐ分る。まず自分を「牧野さん」とさんづけでよんで、自分の小説の自慢をはじめるからである。

　酒に酔っぱらって対者の文学をやっつけることを当時の用語で「からむ」と云った。からんだり、からまれたり、酒をのめば、からむもの、からまれるもの、さもなければ文学者にあらず、という有様。私のような原始的素朴論者は忽ちかぶれて、ハハア、文学とはそういうものかと思いつめる始末だから、あさましい。私は当時は中島健蔵とのむのが好きであった。なぜなら、ケンチ先生だけはからまない。彼は酔っ払うと、徹頭徹尾ニヤニヤ相好くずしている笑い大仏で、お喋りは夥しいけれども、からまない。要するに無意味なヨッパライで、酒というものは本来無意味なのだから、それが当りまえだ。酒をのんで精神高揚だの、魂が深まるだのって、そんな大馬鹿な話があるものではない。

　近頃の若い文学者は、やっぱり「からむ」飲み方をしているだろうか。たぶん、もっと利巧になっているだろう。酒は本来アラレもないものだから、とりますます必要も、粋だの意気がる必要もないが、からむのは、やめたがいい。元来、酔っ払って、文学を談じるのがよろしくない。否、酔わない時でも、文学は談じてはならぬ。文学は、書くもので、そして読むものだ。全てを書け。だから、読むのだ。喋る当人は魂のぬけがらだろう。こんなにハッキリしているものはない。

だから、文士の座談会は本来随筆的であるべきで、文学を語るなどとは大いに良くない。読む方の人が、そんなところに文学がころがっていると思ったら大変、文学は常に考えられることにより、そして書かれることによって、生れてくるものなのだから。

座談会は読物的、随筆的、漫談的であるべきもの、尤も、他の職業の人達の座談会のことは知らない。

文士が、深刻そうな顔をしなければならないのは書斎の中だけで、仕事場をはなれたときは、あたりまえの人間であるのが当りまえ。

それに第一、深刻などというのは、本人の気の持ちようにすぎないので、文学は文学それ自体である以外に、何ものでもない。

サイカイモクヨクしたり、端坐して書かねばならぬ性質のものでもなく、アグラをかいたり、ねころんで書いたり、要するに、良く書くことだけが全部で、近ごろのように、炭もストーヴもない冬どきでは、ねどこにもぐりこんで書く以外に手がなかろう。それを、寒気にめげず端坐して書いて深刻などとは、大馬鹿、大嘘の話である。

文学などというものは大いに俗悪な仕事である。人間自体が俗悪だからで、その人間を専一に扱い狙うのだから、俗悪にきまっている。

面白いものを書こう、とか、大いに受けたい、とか、それでよろしいではないか。作家精神だとか「いかに生くべきか」だとか、そういうものは我が胸に燃やすだけでよいもので、他にひけらかす必要はない。誰にも見せる必要はなく、人にそれを知らせなければならないというものでもない。

アンリ・ベイル先生は「余の文学は五十年後に理解せられるであろう」と言って、事実五十年後より流行し、生前はあまりはやらなかったという。ポウは窮死し、啄木は貧困に苦しんだ。

しかし貧乏などというものは一向に深刻なものではない。屋根裏の詩人ボードレエルは、シャツだけいつも汚れのない純白なのを身につけて、そんなことは要するに子守唄、いや鼻唄さ。潔癖などというものではない。ボードレエル先生は陽気であった。

世に理解せられざることは、文学のみならんや、人すべての宿命ではないか。人はすべて理解せられることを欲し、そして理解されてはいないのだ。否、私自身が私自身を知らないのだ。

理解せられざることは、たしかに切ないかも知れぬ。私もせつない時は、あった。しかし、文学者、芸術家が特に、ということはない、人間すべて同じこと、それだけのことではないか。

私は四十年、一向にはやらない小説を書き、まさに典型的な屋根裏詩人（私は三年間本当に屋根裏に住んでいたこともある）牧野信一自身が夜逃げに及んだり、一家そろって居候をしているというのに、その居候のところへ私が居候に行って、居候の居候というのは珍しい。けれども非常に居心地のよいものだ。そうだろう。先様が居候なのだから、身につまされて、また居候をいたわること甚大だからである。居候をするなら、居候のところへ居候するに限るものだ。しかし、実際、牧野信一ぐらい居候を大切にし、いたわった人はない。豊島与志雄（としまよしお）先生が、そういう点で牧野さんに似ているような気がする。豊島さんは僕に言う。君、遊びにきなさい、真夜中に。行くところがなくなった時、そう言うのである。こういう風に言わねばならぬ豊島さんは淋しい人だ。本性はよくよくタンデキ派に相違なく、放浪者に相違ないので、牧野さんも豊島さんも、ハイカラで、気どりやさんで、ダンディで、極度に気が弱い。けれども私は決して深夜豊島さんを叩き起さないのは、生命にかかわるからで、先生はガバと起き、碁盤をもちだし、私がどんなに疲れていても、夜が明け、日が暮れるまで、かんべんしてくれないことが分りきっているからである。

牧野信一は真夜中に中戸川吉二を叩き起して、中戸川に絶交を申し渡されたことがあったが、私は真夜中に叩き起されて怒る人はきらいだ。尾崎士郎はこの正月、原始バクダンなる猛酒（伊東産、プタノールという奴）に前後不覚になって、折から伊東の旅館に疎開中の幸田露伴先生を叩き起し、先ず踊りを披露に及んだのち、日本で一番偉い小説書きは露伴先生及びかく申す拙者であると太鼓バンを捺して証明に及んで帰ってきて、翌日恐縮して嘆くこと嘆くこと。しかし、嘆くなかれ。それでよろしい。露伴先生は大人物だから、深夜に叩き起されて駄ボラを吹かれて怒るはずはない。露伴先生は後日訪れた人に向って、尾崎士郎という先生は猫をかぶっているという話だが、元々猫ではないか。してみると、虎をかぶっているとすると、虎かな、と言ったそうだ。愉快愉快。

僕が尾崎士郎先生とどういう因果で友達になったかというと、今からおよそ十年、いや二十年ぐらい前だろう。私が「作品」という雑誌に「枯淡（こたん）の風格を排す」という一文を書いて、徳田秋声先生をコキ下したところ、先輩に対する礼を知らない奴であるとフンガイしたのが尾崎士郎で、竹村書房を介して、私に決闘を申しこんできた。場所は帝大の御殿山。景色がいいや。彼は新派だ。元より私は快諾し、指定の時間に出かけて行くと、先ず酒を飲もうと飲むほどに、上野より浅草へ、吉原は土手の馬肉屋、遂に、夜が明け、また、昼になり、かくて私は家へ帰ると、血を吐いた。惨（さん）また惨。私は尾崎士郎の決闘に、打ち負かされた次第である。

先輩に対する礼を知らん奴だ、という。全く小説書きは馬鹿げたことを言う。長脇差みたいなことを言う。ソクラテスをやっつけると、プラトンだのアリストテレスがコン棒もって御殿山へ乗り込むのさ。先日太宰治をひやかしたら、彼は口惜しがって、しかし、あんたは先輩だから、カンベンしてやる、と仰有（おっしゃ）った。全く愉快千万。小説書きという奴は、かくの如くトンチンカンで、妙チキリンに古風で、首尾一貫していない。トンマなことばかり喋っているので、だから、書くものだけを読むのさ。本人は魂のぬけがらだ。

深酒で気分が悪いときに税務署が仕事道具を差し押さえて激怒

坂口安吾

負ケラレマセン勝ツマデハ〈より〉

負カリマセント敵ハ言ウデアロウ
戦端開始ニ関スル白書

安吾「差押エラレ日記」序ノ巻

一九五一年五月二十七日夜十一時半

目をさますとダンスホールのバンドの音がかすかにきこえている。このホールもちかごろ客足がついたとみえて、バンドが世間並の奏楽をやるようになった。以前は曲馬団のジンタ以下の怪音を放ち、さらにレコードで間に合せるような侘しい期間がつづいた。冬のころは私が窓外を通りかかるたび客の姿が一人も見られなかったものである。近所にあんまりウラブレた風景を見なければならないのは切ないものだが、春以来の温泉景気でここも賑うようになったらしく、夜が更けてからかすかにきこえる音楽の音がジンタ以下の怪音からレコードになり最近に至って世間並のバンドになったことで景気の移り変りの察しがつくのである。夏枯れにどうなるのやら、人ごとながら気にかかるのは、夜更けの仕事に、風向きの加減で明滅するそのかすかな音楽が耳の友だちになったせいだろう。

客間で男声がきこえる。客間と云っても、茶の間でもあり女房の居間でもあるという唯一の万能部屋。行ってみると、某社の某君が女房と碁をうっている。御両氏とも生き死にの判定が相談の結果決着するという碁の腕前である。しかしムキになって、某君は額に青筋たてやっている。

某君の雑誌にチャタレイ裁判について原稿を書く約束になっていて、まだ出来ていない。しかし彼が今夜来たのは原稿のサイソクではなく、明日鎌倉の川端さんのお宅へ女房を案内するためだ。川端さんの紹介でコリーの仔犬をさる犬のお医者から買うことになった。女房はその仔犬をうけとりに明日川端さんのお宅へ行くのである。

チャタレイ裁判の原稿を書きだそうと思ったが、連日の深酒で頭がハッキリしないので、この日記をつけはじめる。題して「差押え日記」とでも云うべきか。珍しい出来事でもないようだが、それがどんな風に行われたかということを正確に記録した人はないようだから、巷談師たるもの自らの差押えを記録しないという手はない。

差押えをうけたのは昨二十六日であった。私は前日からの深酒で、市内の某旅館に早朝から吐き苦しんで寝ていた。そのために差押えの時は家に居合さなかったのである。

思えばこんなに深酒をしたのは昨年の十一月以来、まる六ヵ月半ぶりということになる。尾崎さんと私は近所に住みながら、めったにゆっくり酒をのんだこともない。たいがいどちらかが忙しく、両方一しょにヒマという時がないからだ。

二十五日の夕方私はブラリと尾崎さんを訪ねた。その日の朝方には尾崎さんの「天皇機関説」という小説が書き終っているはずだったからである。この仕事は彼が数年前から考えていたもので、彼にとっては終戦後の力作というべきものであることを私は知っていた。それを書きあげた彼を熱海の重箱へ誘って久しぶりに痛飲しようと考えたのである。

あいにく彼の小説はまだできあがっていなかった。百何枚か書いて、最後の二三十枚ぐらいのところで二三日書き悩んでいたらしい。二三日前すでに百枚まで進んでいるということを私は編輯者（へんしゅうしゃ）からきいていたのである。

仕事の邪魔になるといけないから、彼に会わずにすぐ帰ろうと思ったが、犬小屋の前で彼の愛犬の病気をしらべているうちに、彼が顔をだして、

「まア、ちょッと上らないか」

と云う。

遠慮して帰るのが当然だったろう。私がいけなかった。つい上りこむ。ちょうど到来物のジンがあるから、まア一パイのまないか、というようなことで酔っ払ったあげく、二人で街へのみにでた。

彼の方がひどく積極的なのは、誘いに行った私に悪い気持をさせまいという思いやりと、小説がちょッと行き悩んだときは、思いきってバカになりたくなるものだ。すると立ちふさいでいるコンクリの壁が崩れて陽のさす道がひらけるような気がするものだ。数年来考えていた野心作であるから、行き悩んだ時の彼の苦痛も思いやられるのである。

いろいろ一座に新来の人物が加り賑やかになる。私は先にぬけだして別席へ逃げ、一人でさらに痛飲する。私の考えた通り、私がぬけてしまうと一座はまもなく自然散会したそうだ。ところが私は、一座では殆んどのまなかったが、一人になるとジンを一瓶ちかくあけてしまった。で、翌日早朝からゲイゲイと吐き苦しみ、こういう時は迎え酒だと、また飲んで益々苦しむ。

こういうバカな飲み方をしたのは六ヵ月半前以来のこと。そのときも私が尾崎さんを誘ったのである。このときは一夜と翌朝にかけてウイスキーを四本あけ、それも私が大半のんだようだね。そのとき血を吐いたのである。

その時以来のバカ飲みであった。今度は血は吐かなかった。酸がゲイゲイこみあげるだけで、幸い胃のタダレも感じない。私がこんなバカのみをやったのには理由があった。数日来、頭の中に空気がつまっているような気がして、こまっていたのである。フットボールの球のような堅い空気のボールが頭の中に充填して、うごきがつかないようなイヤな気がして困っていた。いつももんでもらうアンマさんが病気で、ほかのアンマにかかるのも気が重い。よい機会だから尾崎さんの力作完成を祝してバカのみして頭脳転換をはかってやろうという考えを起したわけだ。結果は彼の仕事の邪魔をしてバカ酒をのんでしまっただけだったね。

午ごろ吐き気がおさまってウトウトしていると、尾崎さんから電話がかかってきて、重大な用件があるからすぐ帰宅してくれ、という。重大な用件は何だか見当がつかないが、先日、日本歴史を批判し、万世一系を否定して蘇我天皇の存在を立証したから、いずれ右翼の暴力団が来るだろうと覚悟をしていた。左右両翼をケンカ相手に、巷談師も身辺多忙さ。暴力団に坐りこまれて、女房が尾崎さんのところへ逃げこんだのだろうと思った。すぐ自動車にのって帰る。電話がきてから家へつくまで七分か八分ぐらいしか、かからない。暴力団なら家の前に自動車がついていそうなものだ。自動車がないからチンピラどもかと家の中へはいると、尾崎さんが来ている。ほかに女房がいるだけだ。暴力団ではなくて、税務署が差押えにきて帰ったあとであった。

暴力団の方だとイノチを差押えられるかも知れないが、税務署の方はイノチの差押えの心配はないから、イノチがけのつもりで帰ってきた私の方が気がぬけてしまった。

どうして私が暴力団を予期したかというと、先々月は伊達政宗を批評して、田舎豪傑にすぎないことをルル証明に及んだ。すると藩祖公を侮辱したというので仙台で大騒ぎになり、坂口安吾を再び仙台へ入れるな、来たらブン殴れ、ということになり、雑誌社へも拙者の家へも妙テコレンな手紙が相当来ましたよ。仙台の藩祖公だけでもこの騒ぎであるから、天皇家の祖先や系図を怪しいものだと、ルル証明に及んだ以上は、タダでは済まない。終戦後歴史や社会批評をやりだして以来、暴力団や共産党のチンピラどもは何度も追い返したことがあるが、今度は相当な奴がくるだろうと思っていたから、彼はたぶん自動車で乗りつけるであろうと何となくきめていた次第でありました。

文士のところへは妙なのが来ますよ。金をくれるまで三日でも四日でも門前から動かない、とか、金をくれないと家の前で自殺する、なぞと脅すのがくる。福田恆存（ふくだつねあり）などはふるえ上って金をやったりするから、つけあがるのである。私の家の書生だと云って高田保（たもつ）のところへ金を借りに行ったのがある。私のところにそんなガラの悪い書生なんぞ置きやしない。ちょうど高田保家に福田恆存が遊びにきていた。彼と私の家とはジッコンのツキアイをしているから私の家の内情も家族もよく承知している。すぐニセモノと分った。しかし、おどろくべし。ニセモノと承知の上で御両氏額をあつめて相談の結果、金ナニガシを呈上しているから悪い奴はつけ上りますよ。

金をくれないと家の前で自殺するというのに対して、

「よかろう。見ているから、死になさい。やって、ごらん。おしまいまで、見ている」

脅迫の方法もいろいろあるだろうが、金をくれないと家の前で自殺するなんてのは、あさましすぎるな。こんなのが目の前で死ぬにしたって、私が可哀そうだなんて思うはずがありますか。私はことぎれるまで見ていますよ。死にたまえ、と云うと、あきらめわるく、

「天才を殺してもいいいと思うか」

なんて、笑わせるのが、いるよ。バカに限って天才などという言葉を使いたがる。

「拙者は二十年間ひどいビンボーをしたが、そういう時は水をのんでいたものさ。知らない人に金をくれなんて云ったことは一度もないよ。どんなに苦しくとも、威張りかえっている根性がなくて、芸術の天才なんて育つもんじゃない。帰りなさい。帰りなさい」

と追いだしてしまう。

正しい仕事をして、その報酬をうける。それで生活する、ということは人生の基本さ。人にペコペコして働くのはイヤだという気持はわかる。それなら水をのむ覚悟が必要である。芸術の根幹はモラルですよ。見知らぬ人にタカッて生きるような人間には、すでに芸術の根柢的なモラルが欠けているじゃないか。天才は窮死してもアワレミを乞うことは有りッこないものです。彼らの魂は高貴です。彼らが働らかないのはモラルがないからではなく、もっと高い生き方を信じているからであり、だから彼らはおよそアワレミを乞うことを知らず、窮死しているのである。

私は二十年間ひどい貧乏してきたから、昔から無一物に馴れていて、差押えをうけて困るようなことはない。

しかし、差押えをうける前に言いたいことがあった。また差押えをうけるに当って、女房は、私がすぐ戻ってくるから待っていてくれと頼んだそうだが、きかなかったそうだ。彼らは私の帰宅を待たず、私の蔵書を差押えて行った。私は無一物にはなれているが、本がなくてはこまる。無一物の時でも本だけは読んでいた。終戦後、しばらく蔵書なしの生活した時もあるが、ちかごろ、また本を読んだり調べたりする生活をはじめ、蔵書をとりよせたら、鼠が巣をつくっていたそうで表紙のノリをくわれ散々のていである。

私の蔵書というものは、別にさしたるものもないが、主として日本の歴史の資料だね。私が半生、狙いをつけていた問題があって、私はいよいよ今後これを書くことに覚悟をきめたのである。そのためにはさらに多くの本を集めて読む必要もあるが、とにかく私の狙ってきた私の歴史の体系というものは、蔵書の中にアンダラインや書きこみや註となってシルシがついている。ほかの人が読んでもワケが分らないが、私にとってはカケガエのないもの、私の頭脳の一部のようなものである。そういうものが差押えられてしかるべきものであるかどうか、これは考えてもらいたい。近ごろは仕事の合い間にそッちの読書にもかかりきッているから、本が一日なくても困るのさ。いつ死ぬか分らないから、あんまりノンビリしているわけにいきません。

本を差押えたときいて、私は怒りました。すぐ熱海税務署へ電話をかけ、「私がすぐ帰ると家のものが云うのに、なぜ一応私の帰宅を待たなかったか」ときいたが、差押えの一行はまだ帰らず、当日は土曜日で責任者はひけたあとだということであった。

私は税金を納めないと云っているのではないのである。ただ税額が納得できないと云っているのだ。まア、しかし、税金の話は明日でもゆっくり書くことにしよう。

右翼暴力団だの税務署だのと入れ代り立ち代りさ。差押えなどというものは私にはなんでもない。なんしろ二十年間、いつも無一物だし、要するに、無一物の方がよろしいのですよ。

なまじ本以外の物はもたない方がよろしい。本というものは整理してないと探すのに困るから、本箱をもってかれると迷惑だが、これも二度と差押えのできない造りつけのタナをつくれば間に合うだろう。そして蔵書の差押えについてはトコトンまで争うつもりである。まア、今夜は、もう、よそう。

さて、例の深酒の話の続きになるが、これからが、また、ひどい。さッきまでゲロを吐いて寝ていたのだが、

「まア、差押え記念に一パイ」

と尾崎さんをひきとめて、酒をのむ。尾崎さんは数年来の力作に多忙のはずなのに、どうも尾崎さんの仕事を邪魔するようなハメになって嘆かわしい次第。これが一番よくなかった。とうとう尾崎さんを酔っ払わしてしまい、尾崎さんは車をよんでどこかへ行ってしまう。私は私で昨日の借金を払いに二軒の家をまわる。ところが、ひどいものさ。もう、とても一滴も飲めやしないのだ。それどころか、深酒に疲れてコンパイ甚しく、借金を払いに行った先の廊下で前後不覚に寝てしまったのだ。私はそれを知らないのだ。三時間ぐらい眠ったらしい。フッと目がさめると、私は廊下にねていて、上にフトンがかけてありました。

無事借金を払って家に帰る。とたんに尾崎さんの電話。

「一パイのんでるが、こないか」

やれやれ。彼は私の家から自動車で消え去って、まだどこかで飲んでるらしい。酒に酔わせた張本人は私であるから、ザンキにたえん。さっそく彼の飲んでるところへでかけ、彼を旗亭にさそって酔いつぶれる。その夜は吐き気に苦しみ、家へ帰れなくなって、旅館でねました。朝気がついたら洋服のままタタミの上にねており、上にフトンがかけてありました。それが今朝の話です。二十五、二十六日と一日二晩のんだ次第。それでも去年の十一月のように血も吐かず、胃のタダレも感じないのは幸せでありました。

こんなわけで半年に一度というバカ酒をのんでる中間へサンドイッチのように差押えがはさまっただけの話で、事の発端はおよそモーローとして何の感じもありやしない。私がこの日記をつける気持になったのも、二日つづきの深酒にモーローとして、チャタレイ裁判について約束の原稿を書きだすだけ頭の廻転が現れてくれないせいだ。もっとも差押えについて正確な報告を書くことはハッキリきめていたのだが、こういう日記の形式で書くことは先刻まで考えていなかったことだ。

どうも頭がハッキリしない。いま午前三時半。すこし、ねてみよう。

▼安吾が対決姿勢をみせると、東京国税局の廉隅伝次も「坂口安吾氏に与う」を発表、両者はバチバチの関係に。税務署は出版社を回って安吾の原稿料や印税を差押えるなど、徹底的に応戦。安吾に手だてはあまりなかったが、相手の動きを予想して対策を練るという、「税務署対策ノート」をつくっている。対立は安吾が死ぬまで続いた（正確には、死後にも市民税滞納による差押事前通知書が届いている）。

三、酒癖が悪すぎて顰蹙を買いまくる漱石の弟子

児童雑誌『赤い鳥』を創刊して、日本の児童文学発展に大きく貢献した鈴木三重吉。晩年は子煩悩のよき父となったが、若いときには女好き酒好きの、手に負えない問題児だった。この問題児の餌食になったのが、夏目漱石一家とその門下生たちである。

若き日の三重吉は漱石に師事し、漱石の自宅へ何度も遊びに行った。漱石や門下生と酒を飲むこともしばしばあったが、その飲み方がとにかくひどい。古株の門下生にはある程度配慮したものの、気安い相手や年下の者には暴言を吐いたり、問題行動で困らせたりして、かなり辟易させていたらしい。時には漱石も、三重吉の悪酔いにつきあわされて、えらい目にあっている。

これではだめだと思ったのだろう。漱石は酒に気をつけるよう、手紙でも三重吉に注意している。師匠のお叱りを受けて、心を入れ替えると誓う三重吉。だがすぐさま飲酒中に喧嘩になり、漱石に迷惑をかけてしまう。

兄弟子三重吉に対する芥川龍之介の怒り

前にあった刺身の皿を
ほうりつけたいくらい腹が立った

（小島政二郎『鷗外・荷風・万太郎』より）

▼芥川が学友と発刊していた同人誌が、廃刊になった頃の話。とある会にて、酒に酔った三重吉は芥川にからむと、「原稿料取れる頃には廃刊し――」と、川柳で嫌みを言ったらしい。アクが強く笑えない言い方におとなしい芥川も腹が立ち、上記のごとく友人に語ったという。

三重吉の迷惑な飲み方を文学仲間が回想

三重吉は我の強い男だった。三重吉が酒に酔うと、殊にそれが劇（はげ）しかった。そういう場合、三重吉は必ず一座の者に号令をかけて、すべて自分の思い通りに振舞わせなければ気がすまない。号令が行われないと、何かにつけて絡み出すが、号令を行わせると、今度はいろんなおせっかいを始める。それさえ何か少しでも御機嫌を損（そん）ざすような事でもあると、酒の悪口を言ったり、料理の小言を言ったり、女に皮肉を言ったり、一座の誰かを目の敵に選んで、それに無闇に突っかかって行ったりする。こういう時は三重吉も不愉快だったに違いないが、端の者も甚だ迷惑であった。殊に目の敵に選び上げられた相手なぞ、三重吉を張り飛ばしてやりたい位に思ったかも知れないと思う。

（小宮豊隆『漱石・寅彦・三重吉』より）

▼漱石門下の古参・小宮豊隆の回想。酒を飲んだ三重吉の特徴が、これでもかと描かれている。小宮が飲酒を注意したときには、「小宮はロジカルだけれどそんな言い方は駄目」と納得いかない様子をみせたこともあったらしい。

広島弁丸出しで悪態をつく三重吉

屁はショセン風じゃけんのう、
へ理屈はヨセヤイ

（津田青楓『漱石と十弟子』より）

▼三重吉は広島県出身。東京帝国大学英文科の学生のとき、同科の講師漱石と出会った。お調子者の三重吉を、漱石は気に入っていたようだ。漱石宅で酒に酔い、上記のような軽口をたたいても、漱石は面白がることが多かったという。

新人作家が先輩を「さん付け」するのが気にくわず激怒

なんだ君は！
この頃書き出したばかりの癖に、
この大先生を捉えて
さん付にするとは何事か！

（里見弴『怡吾庵酔語』より）

▼外で偶然、泉鏡花と里見弴を見かけた三重吉は、ふたりと蕎麦屋で酒を飲むことに。この頃の里見は新人作家で、泉は文壇の重鎮。里見は、弟子を自称するのはおこがましいと考え、鏡花を「先生」ではなく「泉さん」と呼んでいた。ふたりの関係性を知らない三重吉は、酒席でその様子を見て、上記のように激怒。里見は内心口惜しかったというが、すみませんと言うよりほかなかった。

夏目家の子がわいわいやっているのを見て三重吉が一言

子供なんかこんな時にはみんな
箪笥（たんす）の抽斗（ひきだし）に入れて
錠をおろしておけばいい

（夏目鏡子『漱石の思い出』より）

▼漱石門下生のひとりが結婚したことを祝って、夏目家で宴会が催されたときのこと。茶の間のいろりを囲って酒を飲んでいると、子どもたちもはしゃぎだした。その姿を見て三重吉が言ったのが、上記の言葉。よほど嫌な言い方でトラウマになったのか、子どもたちはこのことで、三重吉をずっと恨んでいたという。

正月に勢いで漱石に頬かむりをさせる三重吉

さあ、皆これで頬かむりをして、威勢よく呑むんでさあ

（夏目伸六『父と母のいる風景』より）

▼正月になると、漱石の親しい友人や弟子たちが、漱石宅に集まった。酒好きの三重吉は、酔いが回って上機嫌。勝手に手ぬぐいを集めると、一同に頬かむりをして回ったという。高浜虚子が憤慨したため途中で打ち切りになったが、漱石は最初に餌食になって、されるがままになっていたようだ。

三重吉に甘い漱石も注意の手紙をしたためるが…

御手紙拝見致候。酒を御やめの事、当然と存候、酒をのむならいくら飲んでも平生の心を失わぬように致したし。君のように一升にも足らぬ酒で組織が変ってはいかにも安っぽくってへらへらしていけない。のみならず、はたのものが危険不安の念を起す。

（夏目漱石から鈴木三重吉への手紙【1909年1月24日】より）

▼禁酒を誓う三重吉に対する、漱石の返事。だがこの3か月後、三重吉は酒を飲んで隣の住人と喧嘩し、眉間に大怪我を負って入院する羽目に。入院費を払えない三重吉は、小宮豊隆を介して漱石から、50円の金をもらっている。50円は、当時の大学の年間学費に近い額。漱石は三重吉への手紙で「ちと辟易なれど」と前置きしつつ、安心して療養するよう伝えている。

四、高村光太郎、酔ったせいか森鷗外を怒らせる

小説、詩、短歌、翻訳など、多様な文学活動に取り組んだ森鷗外。文学動向にも注目し、文芸雑誌や新聞で優れた作家を見つけると、惜しみない賛辞を送った。

一方で、意見の相違がある主張や、自身への否定的な文章を目にすると、反論記事を叩きつけて、真っ向から戦うこともしばしば。ここに紹介する『観潮楼閑話（かんちょうろうかんわ）〈二〉』（『帝国文学』１９１７年10月１日発行）にも、雑談風の内容のなかに、高村光太郎に対する静かな怒りが込められている。高村が「誰にでも軍服を着せてサアベルを挿させて息張らせれば鷗外だ」と書いたことを、同作で取り上げているのだ。

鷗外の怒りを知った光太郎は、すぐさま手紙を送って弁明。そのいきさつが、『観潮楼閑話〈三〉』（『帝国文学』１９１８年１月１日発行）に記されている。

実はふたりは、この十数年前から面識があった。光太郎が東京美術学校に通っていたとき、美学の担当が鷗外だったのだ。鷗外は授業にやってくるとき、軍服か背広にサーベルという姿で、馬に乗っていたという。高村はその様子に反発を感じていたらしい。この印象が、酒のせいでポロッと口をついて出たのかもしれない。

「軍服にサーベル姿でいばらせれば誰でも森鷗外」記事に鷗外反応

観潮楼閑話(かんちょうろうかんわ) 一〈より〉

森鷗外

今度「帝国文学」が所謂復活の運に向ったとかで、原稿の徴求がわたくしにまでも及んだ。昔文芸がアリストクラチイの恩沢(おんたく)を蒙った事もあるから、今プリュトクラチイの庇護を受けるのも至極結構であろう。しかしわたくしは自己がこの際文を草する適任者でない事を自ら知っている。

わたくしは文壇に何等の触接(しょくせつ)を有せない。余所(よそ)ながら見れば今日のパルナッソスには「白棒」の人々が住んでいるようである。高浜虚子君の句に「蛇穴（へびあな）を出て見れば周の天下なり」と云うのがあった。わたくしはその蛇のような驚きの目を瞠（みは）っている。

わたしは蟄伏（ちっぷく）していた間に文壇の人々には忘れられているはずだ。独り文壇ばかりではない。世間の人も穴の中のわたくしを顧るはずはない。しかるに近頃聞けば、「黒潮（こくちょう）」にわたくしを論評した数十頁の文が出たそうである。その「黒潮」は寄贈せられたが、未だ見ぬ内に人に取り去られた。翌月の同じ雑誌に赤木桁平（あかぎこうへい）君の駁論（ばくろん）が出たのを見た。これは未完であるが、その文中より前論者の何を言ったかがほぼ窺われる。要するにわたくしがあらゆる方面において寸長の取るべきなき人物だと云う事を論証したものであったらしい。なんと云う徒労をしたものであろう。高村光太郎君がいつか「誰にでも軍服を着せてサアベルを挿させて息張らせれば鷗外だ」と書いた事があるようだ。簡単で明白で痛快を極めている。それほどの事を論証するために、数十頁を費したのは、何人か知らぬが、実に笑止千万である。

▼「観潮楼」は、鷗外住居の二階部分の号。『観潮楼閑話』が発表されると、高村は自分のことが言及されていると聞いて、すぐに鷗外へ手紙を送ったようだ。鷗外は返書で、君への返事は手紙では詳しく述べられないと書き、その気があれば会っていつでも話すと伝えている。手紙が出された翌日、光太郎は鷗外のもとを訪れた（ちなみにふたりの住まいは、歩いて5分とかからない）。

弁明するため現れた高村の言動を描く鷗外

観潮楼閑話　二〈より〉

森鷗外

　閑話の初篇が帝国文学に載せられた後、「墨海」を見れば、帝国文学は原稿の断状を二号文字で広告したと記してあった。これは采録（さいろく）した雑誌のために気の毒な事である。わたくしは先ず雑誌に対してこれを謝せなくてはならない。

　閑話は今一つ奇なる事件を生じた。それは高村光太郎さんが閑話中に引かれたことを人に聞いてわたくしに書を寄せた事である。閑話に引いた高村氏の語は自ら記したものでなく、多分新聞記者の聞書などであっただろうと云うことである。高村さんはまた書中自分とわたくしとの間に多少の誤解があるらしく思うと云う事をわたくしに告げたのである。わたくしは高村氏に答えて、何時にても面会して、こちらの思うところを告げようと云った。とうとうわたくしは一夜高村氏を引見して語った。高村氏は初対面の人ではない。ただ久しく打絶えていただけの事である。

高村氏はこう云う。自分は君を先輩として尊敬している。ただ君と自分とは芸術上行道(ゆきみち)を異にしているだけだと云う。わたくしは答えた。果して芸術上行道を異にしているなら、よしや先輩と云うとも、それがよそよそしい関係になるであろう。わたくしの思うには、君とわたくしとは行道を異にしてはおらぬようである。君の論評などを読むにわたくしの首肯し難い事は殆どない。強いて意見の合わぬものを求むれば、一々の芸術品を取捨するに当って、君は多く捨てて少く取り、わたくしはこれに反しているだけである。それゆえ君の目から見れば、わたくしは泛(はん)なるが如くに見ゆるであろう。君の愛する所の「全か無か」の如きは、わたくしといえどもまた愛する。昔日イプセンのブランドを訳しかけたもこの意より出でたるものである。誰も自ら製作するときは、全か無かを標準としなくてはならない。しかし人の製作品を鑑賞することとなると、一歩退いて看なくてはならない。そうでないと展覧会などは成立しない。君がわたくしの言動に慊(あきたら)ぬのは恐らくはわたくしの泛を嫌うのであろう。

わたくしはこう云って高村氏の近く公にした論評中より二三の実例を引いて彼此の立脚地の同一なることを証した。

高村氏はわたくしの言を聞いて別にこれに反対すべきものをも見出さなかった。そして高村氏とわたくしとの間には、将来において接近し得べき端緒が開かれた。これは帝国文学が閑話を采録してくれた賜である。

▼顔を合わせて話したことで和解した鷗外と光太郎。光太郎はこのときの出来事を鷗外没後に語っている。それが次ページに掲載する『鷗外先生との思い出』（詩人・川路柳虹との対談）だ。光太郎が鷗外をどう思っていたかが、伝わる内容である。

「飲んだ拍子にうっかり鷗外を茶化したかも」と回想する高村

鷗外先生の思出

高村光太郎×川路柳虹（かわじりゅうこう）

川路　鷗外先生は高村さんを非常に好いて居られたが、一面またけぶったがっても居られたようです。鷗外先生の言われることは「高村君は芸術は自我の表現であるとか個性であるとか頻（しき）りにいうが、一体自我というものは他我を予想して言い得る事で、絶対の自我というものはあり得ない、自我とか個性というものは抽象された一種の理念であって、具体的にはそれがどんな形で芸術の上に表現されるか、そこのところが高村君の議論には明確な説明がない、自我とか個性とかしきりに強調する精神はよくわかるのだけれども……」と。それからよく高村さんが黒田さんの絵をやっつけて岸田劉生さんの絵をやたらに賞めるというので、その事もどうも腑におちないということをよく僕なんかに話された事がありました。(笑声)

高村 そうでしたかね、先生は大変大まかなところもある反面に随分神経過敏なところもあって、こまかな点を一々おぼえて居られたようです。まあ僕は性質としてあんなオーソリティに対しては意識的に「好かれようとする態度」をとらないで、わざとぶつかって行くような事ばかりしたもので、そんな事ではよく鷗外先生にやられましたよ。(笑声)

川路 そうそうどんな小さい雑誌なんかでもよく目を通して居られましたね。いつか高村さんが先生の事を皮肉って「立ちん坊にサーベルをさせばみんな森鷗外になる」といったというので、とてもおこって居られた事がありましたなあ。(笑声)

高村 いやあれは僕がしゃべったのでも書いたのでもないんですよ。

川路 僕も先生に、まさか高村さんが……と言うと、先生は「いや、わしは雑誌にかいてあるのをたしかに見た」とそれは大変な権幕でしたよ。(笑声)

高村 あとで僕もその記事を見ましてね、あれは「新潮」か何かのゴシップ欄でしたよ。あるいは僕のことだから酔っぱらった序に、先生の事をカルカチュアルにしゃべったかも知れない。それを聞いている連中が(多分中村武羅夫さんじゃないかと思うんだが)あんなゴシップにしちゃったんでしょう。それで先生には手紙であやまったり、御宅へあがって弁解したりしたのですが、何しろ先生のあの調子で「いや君はかねてわしに対して文句があるのじゃろう。」というわけでしかりつけられました。（笑声）多分高村は生意気な奴だ位は思って居られたでしょう。僕はそんなわけでもしかし鷗外先生に対する尊敬の情は他人一倍強かったつもりです。度々先生を訪ねて、建築や美術の議論をしました。先生も随分僕の建築論なんか面白いといわれた事もあります。ただ僕は先生をあくまで尊敬はしていても服さなかったですよ。一つはやはり美校時代の先生でしたから、先生というものに対する一種の反感とでもいいますか、そんな気持もあったのでしょう。先生にお逢いしても「先生は手先の仕事ばかりに夢中になって、体でぶつかって行く事をなさらない、つまり芸術のために生命を投げ込んで行こうとするところが見られない」……と漠然ながら青年時代の僕にはそんな不満があったのでしょう。そんな不満が時々先生に僕を突っかからせたのですが、先生もそんな時には「まあまあ君の言うのも一理だが、しかしまだまだ青いよ」などと軽くあしらわれるそんな調子でした。例の「立ちん坊」事件もきっとそんな調子から出たのですよ。その頃ちょうどまた湯島に毎晩変なポーズの「立ちん坊」が現われましてね。（笑声）そのポーズが不幸にして朦朧たる僕の酔眼にいつまでもまつわりついていて、たまたま友人達と呑んでいる拍子に、あいつに洋服着せてサーベルつけさせたら、――といった舌禍事件を生んだわけら

しい。（笑声）

記者 鷗外先生には美校で何を教わりましたか。

高村 美学です。ハルトマンの無意識哲学などね、とても名講義でしたよ。しかしどうも「先生」という変な結ばりのために、どうも僕にはしっくりと打ちとけられないところがありましたなあ。けれども先生の「即興詩人」など暗記したくらいですし、先生のお仕事や人格は絶対に尊敬していました。何としても忘れる事の出来ない大先輩ですよ。

川路 鷗外先生はあんな学者でしたし、鋭い理智の人でしたから、先生と同じようなキャラクターの人はきらわれて、むしろ正反対な傾向の人を可愛がられた。たとえば萩原朔太郎君なんかその一人ですよ。萩原君は「月に吠える」を出した時、それを持って行って先生に示し、彼一流の調子でやったのが大変面白く先生の気に入ったらしいんですね。後で僕らが訪問したら、「君、萩原朔太郎という詩人を知っているかね。」と言われるから「知っているどころではありませんよ。」といったら、「君、あの詩はいいね。しかし詩よりも萩原という詩人は人間の方がもっと面白いよ――」というような事を言われた事がありました。つまり先生の前で高村さんなんかみたいに理窟（りくつ）ばかり言っていた青年よりも、むしろ萩原君等のように奇抜な青年の方が好きだったんでしょうね。

高村 そんな所がありましたね。僕はどうもあの頃の大家には大ていにくまれましたよ。夏目先生にも一度その調子で先生が読売新聞でしたかに「芸術は自己の表現に始まって自己の表現に終る——」といった意味の事を書かれたのを見て、それに真向から反対して何か美術評論の序かに「芸術は最初から自己表現を意識するものではなく、はじまりはただの表現から始まって最後に自己表現に落着くものである」というような事を書いて、その事でまた先生から説教された事もありました。（笑声）僕は作家としての実感から燃焼して来るものを率直に先生方に申上げると、先生方もいろいろと真剣に僕の論を検討してくれましたが、何しろ親と子供のへだたりがあったのだから、年齢の相違から来るものもあったのでしょう。今から考えても随分生意気な青年であったですよ。（笑声）どうも僕は前にも言ったように先生方に向ってぶつかって行くような態度で、決して自説を曲げないようなところがありましてね。それに一つは、あんな大家とかオーソリティ——殊に明治時代のそういう偉い先輩達にはどうもお世辞を言う奴にはよく、そうでない奴には悪い——といったような点があるようにばかり思われたので、気質的にぶつかってみたくばかりなったのだろうと思います。（笑声）

川路　それにしても鷗外先生は高村さんを好いて居られましたよ。何といっても明治時代の大家はそれぞれに偉かったですね。年月が経てば経つほど特に鷗外先生などの偉大さが偲ばれますね。どうです、この頃の文学者に鷗外とか漱石などに匹敵する存在が出そうですか、あんな高い学識や人格の士が……

高村　たしかに今の文学者は技術的になって来ましたね。

第三章
原稿をめぐるいざこざ

一、編集者と作家の攻防

編集者と作家は、出版という共通目的のために協力し合うパートナーであると同時に、原稿をめぐって時には激しい攻防を繰り広げる、緊張感のある関係だった。締め切りギリギリで挑発されたり、距離感を誤って怒られたり、原稿を他誌に持っていかれたりと、大作家を担当して苦労した編集者は数知れず。

編集者も黙ってばかりではない。明治・大正期の中央公論社の名物編集者・滝田（たきた）樗陰（ちょいん）は、良作のためならクセのある作家たち相手でも怯まなかった。体調不良を訴える作家にそんなことは知らないと突き放すこともあれば、不出来だと思った作品を痛烈に批判し、作家に原稿を突っぱねるなど、なかなか肝が据わっている。そこまでいかずとも、口をすべらせた作家を苦々しく思って、その内容をチクリと書き留めた編集者もまたいる。

作品が世に出るまでに陰ながら起こった、編集者と作家の攻防。その一部を紹介したい。

締め切り間際に編集者を挑発する林芙美子

『新潮』からもやいのやいの言われてね、そっちを書いてからではどうかしら

（木村徳三『文芸編集者の戦中戦後』より）

▼林芙美子は、執筆依頼・原稿催促に訪れた編集者を、いびる癖があったらしい。林と旧知の木村徳三もそのひとり。締切間際に上記のように言われて、腹を立てた木村。その様子を見て、林は楽しそうに笑っていたという。その夜に木村が再訪すると、『新潮』にはすでに原稿を渡しており、すぐに書くから安心するようにと、林は伝えている。

編集者へのヨイショが過ぎる織田作之助

文藝春秋の徳田雅彦と鎌倉文庫の木村徳三は、数多い編集者の中でも美男の双璧

（木村徳三『文芸編集者の戦中戦後』より）

▼織田作之助と木村徳三はともに、京都の第三高等学校出身。織田は木村の後輩にあたる。木村に会うと織田はサービス精神を発揮して、人前で上記のように言うことも。本人に向かって言うことかと、木村は呆れたらしい。「編集長の意見はどないです？」と、わざわざ木村の肩書を持ち出して、ヨイショすることもあったようだ。

年下の編集者から「さん付け」で呼ばれて険しい顔の太宰

誰だったか、話題がたしか「斜陽」に及んだときだったと思うが、およそ見当はずれのことを言い出した。

私は大笑いし、

「太宰さん、それは違いますよね。」

思わずそう言って、横に坐っていた太宰さんに顔を向けた。

その瞬間の、太宰さんのけわしい表情は、今でもまざまざと目に残っている。

「太宰さん!?」

小さく鋭くそう言って、太宰さんはちらと私に横目をくれ、眉をけわしく寄せた。


（野原一夫『回想 太宰治』より）

▼新潮社で太宰の担当だった野原一夫による、酒席での失敗話。野原は太宰より13歳年下。学生時代、講演を頼もうと太宰宅を訪れたこともある。野原は太宰を「先生」と呼んでいたが、酒が回った影響か、「太宰さん」と呼んで不興を買ってしまう。「太宰さんはすぐ表情をもどしたが、私はからだが冷たくなる思いだった」と野原は述懐している。

週刊誌に書かないのかと聞かれた谷崎潤一郎の答え

電車のなかでもあの通りぞんざいにまるめて読みすてにされるでしょう。そのようなものに書くのは不愉快でいやだよ

（雨宮庸蔵『偲ぶ草』より）

▼中央公論社にて谷崎を担当した、雨宮庸蔵の述懐。電車でたまたま出会った谷崎に、「週刊誌に作品を載せないのですか」と尋ねた雨宮。その返事が上記。谷崎のプライドを感じた雨宮だが、およそ１年後、谷崎はいやだと言っていた週刊誌連載を開始。勝手なものだと、雨宮は複雑な気持ちになったという。

夏目漱石が「下品を顧みず」賃金を交渉

小生が新聞に入れば生活が一変する訳なり。失敗するも再び教育界へもどらざる覚悟なれば、それ相応なる安全なる見込なければちょっと動きがたき故、下品を顧みず金の事を伺い候

（夏目漱石から坂元雪鳥への手紙【１９０７年３月４日】より）

▼読売新聞をはじめ、多くの新聞社から契約を持ちかけられていた漱石。漱石は、やりがいの感じられない教職を辞めたいと考えていたものの、収入面での不安から慎重になっていた。そんなとき、東京朝日新聞が、漱石旧知の学生・坂元雪鳥を使者に立てて、交渉を提案。その過程で漱石は上記の手紙を送り、待遇面を細かくチェック。希望が容れられたとわかると、東京朝日入りを決断するに至った。

臨時賞与が約束よりも少ないと不満を漏らす漱石

あえて金が欲しいというのではないが、
当初の約束に違うではないか、今から
約束を違えるようでは、末が思いやられる

（夏目鏡子『漱石の思い出』より）

▼漱石と東京朝日新聞は、半期ごとに月給３カ月分以上の賞与を出すと約束を交わした。だが、入社から１月ほど経って支払われたのは、50円。月給200円の４分の１だった。これは理屈が合わないと、仲介役の坂元雪鳥を介して朝日に問い合わせる漱石。すると、「入社６カ月に満たない場合は賞与が出ない」という規定のところを、主筆が好意で出したことがわかり、むしろ感謝した漱石だった。

チェックしたはずの新刊が誤植だらけで漱石憤慨

こんなまちがいだらけな不満足な本は、自分の名によって世間へ出すことはならない

（夏目鏡子『漱石の思い出』より）

▼大学で講義した「文学論」を出版することになった漱石。だが、校訂をしたはずなのに、刷り上がった本には誤植が非常に多く、漱石は不満たらたら。すべて回収して庭先で焼いてやるとすごい勢いだったが、すでに市中に出回ってしまったので、すまないと思って正誤表をつくっている。同書を知人に送ったときに同封した手紙には、「古今独歩の誤植多き書物」と書かれている。

編集者・滝田樗陰に原稿を送り返されて激怒する小山内薫

文壇昔ばなし〈より〉

谷崎潤一郎

○

昔の雑誌編輯者と云うものは一見識を具えていて、なかなか圭角があった証拠として、樗陰の例を二つ三つ引いておこう。私が知っているのでは、樗陰が最も嫌っていたのは鈴木三重吉であった。三重吉の悪口を私はたびたび樗陰から聞かされた。三重吉も彼のことをかなり悪(あ)しざまに語っていた。しかしこの二人が不和になった原因は何であったか忘れたが、三重吉の次に樗陰と激しい衝突をしたのは小山内薫で、この場合は小山内の作品が樗陰の意に満たず、その理由を詳細に書き送って、原稿を突ッ返したのが事の起りであった。この時のことを「滝田君を憶う」と云う題で小山内自ら書いているから、ちょっとその一部を引用すると、

「とうとう仲直りをせずにしまった。」

　瀧田君が亡くなったと聞いて、私が直ぐ思ったことはこれだった。

（中略）

　喧嘩というほどの喧嘩をしたのでもなかった。今になって考えてみると、私の方にも随分落度はあった。

「高師直(こうのもろなお)」という小説を二回続きで中央公論へ出して貰った時だった。第二回目の原稿——それも実は第一回分と一緒に出すはずだったが遅れたのだ——が、ひどく遅れて、締切間際になっても、日に五枚七枚とぼつりぼつりしか出せなかった。瀧田君はとうとう肝(かん)癪玉(しゃくだま)を破裂させてしまった。もう少しで原稿を渡し切るという間際に、今度の作はだめだというような猛烈な悪評を書いた手紙に、渡しただけの原稿を添えて送り返して来た。

始めてそんな目に会ったので、こっちもすっかり肝癪を起してしまった。原稿が遅れたのはいかにも悪いが、何もおれの作を罵倒する必要はない。おれが中央公論へ寄稿するのは、おれの作を瀧田樗陰に見て貰って、その批判を仰ごうとするがためではない。原稿が遅れたので腹が立つなら、飽くまでもその罪を責めるが好い。おれの作の悪口を言う必要はない。とばかりで、すっかり真赤になってしまった。

（下略）

と、こうである。しかし私が樗陰から直接聞いたのでは、小山内の「原稿が遅れたので腹が立っ」たのではなく、書き方がいかにも拙劣で、やッつけ仕事で、読むに堪えないから突ッ返したのだと云っていた。小山内が心から打ち込んでいた仕事は演劇にあって、小説の方は、幾分か生活の足しに書いていたようなものであるから、たしかに「高師直」などはあまり出来のいい作品ではなかった。芥川もこの喧嘩では樗陰の味方をして、「小山内の書くものにはIntensity（緊密さ）と云うものが全く欠けている」と云っていたが、私もそれには賛成であった。多分その時であったと思うが、「Intensity の濃度と云う点では、志賀直哉が一等だな」と私が云うと、芥川も「その通りだ」と大いに同感の意を表していた。それはまあ余談であるが、いくら駄作だとは云っても、小山内薫ともあろう人の創作を、しかも前半を掲載して置きながら、後半を不出来であると云う理由で突ッ撥ねると云うのは、相当の勇気を要することである。それにしても、小山内の「高師直」の時代から見ると、今日の時代物文学の発達はまことに眼ざましいと云わねばならない。もはや現代では「高師直」程度の作品は通用しなくなっている。

○

ところで、かく云う私も、樗陰の晩年になって、すっかり彼に嫌われてしまったらしい。尤も私は原稿を突ッ返された覚えはない。が、大正十二年正月号に中篇物を掲載したのを最後として、十四年に彼が病死するまで、遂に彼から原稿の依頼を受けたことはなかった。それどころか、彼は長文の手紙を二三度も寄越して、「近頃の君の書くものは感心出来ない」と、かなり露骨に云って来た。たしかその時分、里見君が時事新報に「多情仏心」を連載し、私が朝日新聞に「肉塊」と云うものを連載中であったが、樗陰は「里見君のものに比較して君の作は甚しく見劣りがする、しっかりし給え」と云うのであった。私を激励するつもりも多少あったかも知れないが、「どうも歯痒(はがゆ)くて見ていられない、もう君なんぞに用はない」と云った悪意も含まれているように聞えた。こんな工合に、原稿の注文をしないだけでなく、積極的に、進んで喧嘩を売りに来るなんて編輯者は、樗陰の外には見たことがない。私はしかし、当時スランプに陥っていて、我ながら自分の書くものが気に入らなかったので、楞陰の手紙にもそう腹は立てなかった。で、「事実このところ巧く書けないで困っている、君の言にも一理はあると思う」と云うような返事を出した覚えがある。

▼楞陰に激怒した小山内薫は、『三田文学』に楞陰の手紙と批判文を発表、あわせて『高師直』の続きも掲載した。これ以降、楞陰は小山内に小説を頼むことがなくなる。当初は楞陰を見返すと息まいた小山内だったが、発表の場が少なくなり、次第に自信を消失。小説執筆から遠ざかるようになる。ただし、小山内は会合などで楞陰と顔をあわせたときは挨拶を交わしているから、接触を断ったわけではないようだ。

原稿の転売を編集者へ詫びる太宰治

▼『新潮』のために、『白猿狂乱』という題で執筆をしていた太宰。だが、締切に間に合わないと判断し、執筆をあえなく断念。申し訳なさから、『東陽』に渡していた『狂言の神』の原稿を取り戻し、『新潮』へと届けた。この行動を、『東陽』への橋渡しをした佐藤春夫が問題視。佐藤と『東陽』の編集者から怒られた太宰は、『新潮』への転売を取りやめるに至る。このいざこざを詫びるため、『新潮』の編集者に送ったのが、次の手紙である。

誓言手記

（八枚全）

拙稿、創作「狂言ノ神」ハ、ハジメ「東陽（とうよう）」ナル美術雑誌へ、御採用、懇願イタシ、「東陽」編輯（へんしゅう）同人諸兄ノ高キ御理解ト深キ御海容ニ依リ、ワガ願イ御了承、同誌十月号掲載決定、ワレモ喜ビ、待テバ、海路ノ日和ナド、ト、内心ノヨロコビ、オ伝エ申シ、一日一日、発行ノトキヲ、待チワビテイマシタ。シカルニ、好事魔、赤貧、迂愚(うぐ)ノ者ノ背後ニ立チ、一策囁キ、夜半、病床ヲ捨テ、アタフタ、上京、「狂言ノ神」一片ノ名刺ト交換ニテ、持チ去リ、カネテ、七月末日マデ、三十枚トノ条件ニテ、カタキ、約束、交セシ、文芸雑誌「新潮」ヘ持チ込ンデシマッタ。

盗人ナラヌ三分ノ理、七月末日マデ、家郷ノ兄ヨメアテ、五十円、返送スレバ、二百円マタ、アラタメテ、拝借可能ノ黙契有之(これあり)、ワレ、日頃ノ安逸、五、六ノ友人、先輩、師ヨリ、少カラザル、借銭アリ、読書、思索、執筆、モシクハ、一家談笑ノ、ユトリ、失イ、古キ、知己、一人去リ、二人去リ、針ノ山、火ノ川、血ノ池、サカサニ吊リサゲラレテ居ル思イニテ、寝タ間モ地獄、五十円、ノドカラ手ノ出ルホドニ、枯渇、アサマシナド、忘却、狂乱ノ二十八歳、イマハ掌カエシ、コレ以上ハ言ウニ、シノビザル、我儘、「新潮」編輯長楢崎勤(ならさきつとむ)氏ヘ、窮状イツワラズ、披瀝、懇願ノ折、フト、ワガ邪道、傲慢、無礼ニ気ヅキ、カクノ如キ振舞イ、二、三ニ及ベバ、ワレ、九天直下、一夜ニシテ、ルンペン、見事ニ社会的破産者、タラム、コト、火ヲ指サスヨリモ的確、今カラデモオソクナイ、ワガ非、誰ヨリモ深ク悔イ、誰ヨリモ酷烈ニ鞭ウチ、先夜ノ罪、一生カカッテモ、ツグナイ申シマス。

一策アラズ、一計アラズ、スベテハ、ワガ咄吃ノ言葉ノママ、胸中オワビノ、朽葉デ、一パイデアリマス。

今朝、快晴、全クノ白紙ニカエリ、秘メタル愛憎アルナシ、不文ノママ、底知レヌホドニモ深キ、オワビ、ノミ。

コノ罪ノツグナイノタメニハ、私イノチニモ恋着(れんちゃく)ゴザイマセヌ。

芸ナキ山猿ノ誠実コメタル誓言、笑ワズ、オ聞キ納メ下サイ。

太宰　治（印）

昭和十一年八月三日

楢崎　勤様

同文ノモノ二通作製、一通ハ楢崎様、一通ハ「東陽」編輯同人諸氏へ。尚、「新潮」ヘハ「白猿ノ狂乱」トイフ三十枚見当ノ創作九月号ヘト思ッテ、精進、鞭ウッテイタノデスガ、シバシバ発熱執筆禁ジラレ七月二十八日午後八時ニ至ッテモ八枚、トウテイ完成ノ見コミナキコトヲ知リ同夜ペンヲ投ジ、湯タンポ腹ヘアテタママ唯一ノ食料クズ湯ノ粉一袋持参、ソウシテ罪ヲ犯シマシタ。日夜、書キツヅケテ居リマス。「白猿ノ狂乱」三十枚。八月中旬マデニハオ送リデキマスユエ、御一読ノ上、正当ノ御配慮オ願イ申シアゲマス。コンドコソナンニモ我儘申シマセヌ。オ金モイツデモ又ヨロシュウゴザイマス。

二、文芸の商業化に苦言を呈する佐藤春夫

明治時代、作家業は世間からの評価が低く、収入は不安定だったが、大正になって『改造』や『解放』といった雑誌が創刊された頃から、風向きが変化した。作家を囲い込もうと各雑誌が原稿料を上げたことで、文学者の収入は大きく上昇。文壇は黄金期を迎える。

これに苦言を呈したのが、佐藤春夫である。佐藤は、作家が文芸のためではなく、金のために創作するようになることを危惧した。加えて、雑誌社による広告にも、否定的な見解を示している。佐藤は以前から、菊池寛が創刊した『文藝春秋』の広告戦略に否定的な意見を出すなど、文芸誌をめぐる状況に不満を抱いていたらしい。その具体的な考えを、『文芸家の生活を論ず』で述べている。

佐藤が非難する文芸の商業化の波は、すでに押し寄せていた。この時期から刊行が相次いだ文学全集が、新聞広告をうって大々的に売り込んだように、文芸を中身だけでなく売り方でも勝負する時代が、到来したのだった。

佐藤春夫が原稿料の高騰に苦言

僕は原稿料が高過ぎると思って居る。

（「社会思想家と文芸家の会談記」『新潮』大正15年7月号より）

▼作家たちとの対談で、原稿料の高騰が話題になったときに佐藤が発した言葉。原稿料で生計が立てられるようになった文壇人が増えたことを歓迎する声があった一方で、佐藤は上記のように、否定的な考えだった。この対談が話題を呼び、『文芸家の生活を論ず』が発表されることになる。

「でくのぼうにでも解るように」真意を説く佐藤春夫

文芸家の生活を論ず〈より〉

佐藤春夫

先々月の新潮合評会席上で、作家の稿料の事などについて僕が簡単に発言したところ、今月号の二三の雑誌に多少の反響があった。発言者として言い甲斐のあることである。ただ困ったことには、僕の本当に言おうとした意味を了解しているらしい人は殆んどない。わざわざ曲解しているとすれば軽蔑して過しただけでも足りるのだが、もしそうでなくて僕の言葉が足りないため僕の主旨が通じないのだとすると、多少残念でないこともないので、それに前々からいずれは言ってみたいと思っていた事柄ではあり、旁々もう一度ここに述べ直してみる。今度は、僕の性分には合わないことだが出来る事ならでくのぼうにでも解るように、噛んで含めるように申述べたいものである。従ってこの文章の七くどい事は予め御断りしておく。

《中略》

僕は人々に清貧を強いた覚えは少しもない。また自分自身清貧に安じようと誰にも宣言した覚えはない。しかしただ、文学の事業というものは飽くまでも精神的な業であり、――こういう言い方が窮屈なと言うならば、少くとも商業主義と提携すべき性質のものでないことだけは信じている。また政治屋的興味と同一視すべきものでないことは信じている。そうしてあらゆる人間が当然働くべきだけの勤勉を以てしたならば、今日一流の文学者は普通世間で伝えられている稿料の三分の一、あるいは二分の一を支払われてもまだ過分であろうと思う。どうして過分かという事を知りたいと思ったならば、諸君はただ虚心に諸君の努力を考え、また他の職業者の努力を考え合せ、さらに各々が受けている物質的報酬について虚心に考えてみさえすればいい。理由なき過分の報酬を受けることによって、もし文学者が卑俗な商業主義の走狗となるような事があったならば、そうしてそういう人々が文芸家の名を僭称するが如きことがあったならば、そうして文芸家全体がそれを黙認するが如き事があったならば、まことに一代の文運衰えたりと謂わざるを得ない。

偶、文芸家の名が社会に一般化したことは、真の文運とは何の関係もない。それは屡々、新聞紙に広告する化粧品の名が婦女子の口と耳とに親しいのと選ぶところのない現象だ。

ある人は言う「しかしそれほどの高価な稿料を得ている作家はほんの数えるほどしかなくって、それこそ例外である。そうしてそれらの作家は、むしろ作家としての活動はすでにある程度に終りを告げているかの如き観ある人々で、従ってそれらの人々が商業主義やその他の何ものかによって毒されているとしても、すでにもう惜しむに足りない人々ではないか」と。

僕はこれらの人々が果して年少にしてすでに活動の峠を越えたと見るのが正しいかどうかは知らないが、何にしてももしこれが単に個人的の問題として終始すべきものであったならば、僕、何の権利があって他人の収入などに差出口をきくことが出来ようか。また、僕がこれらの事を言うのはその個人を惜しむためでも、または憎むためでもない。ただしかし、作家は公人である。単に文壇だけの公人ではない。社会における公人である。だから、僕はこれらの問題を公の問題として、社会的の問題として論ずるのである。稿料の標準なるものは単に個人の収入ではない。社会における一つの物価である。米の相場の不当なることを論ずる事が一つの社会問題である以上、稿料の相場を論ずることがどうして個人の収入に対する差出口であろう。僕は、今日の作家の稿料が高過ぎると言った時、それは一般社会の他の職業に対比してこそこれを言うのである。この事は、今のさっきも二度言ったけれども、ここに三度念を押しておこう。

またそのように特別なる高価を要求し乃至支払われている作家は、特別という言葉の中に含むが如く、全く例外には違いないのだ。しかしこの場合の例外は、世人あるいは文学者がこれを目標とするかも知れないところのものであって、僕が惧れるところの理由の一つはこの点である。しかもそのような少数の作家が、その行為によって私利私欲を満足させているということを明言する代りに、文学者がそれだけの報酬を受けることが恰も当然であり、また文学者の社会的地位を高めるものだと考えているらしいのに対して、僕はむしろ、不当なる収入を持つところの職業は社会的に卑しめられるのが当然でこそあれ、決して尊敬せらるべきはずがなく、そのような生活者を尊敬する社会があるとすれば、それは堕落した社会の状態であって、これらの社会的謬見を正すことを以てその任務の一端とも考えなければならないはずの文芸家が、喜んで身をこの社会的謬見の中に投ずるが如きもので、芸術家の社会的存在の理由を、従ってその独特なる社会的地位を、全く放棄したものだと、断言しようとするのだ。しかもこれをなすところのものが、時代の芸術界において重きをなすところの人物であった場合には、その時代の芸術家社会全体がその責を負わなければならないはずである、その精神生活において緊張を欠いた少数の人々を僕は敢て惜しまずまた憎まずとしても、僕自身もまたその末席を汚しているところの、この時代の芸術界のために一言なきを得ないのである。

またさらに、僕は少数の人々がずば抜けて多額な稿料を得ることが、果して一般多数の操觚者（編注：文筆に従事する人）の端々にまで正比例的にその収入を増加させているかどうかについても、甚だしき疑いを持つものである。

少しでも事情に通ずる人人は熟知しているであろうし、また少しでも空想力ある人は察するに難くないであろう如く、今日単に経済的成功以外に大して理想を持っていないかの如く見える一般の雑誌経営者が、二三の有力なる執筆者の過分な要求に応ずる時には、それは僕の見るところでは恐らく他の同業者が受くべきものの中からそれを支払っただけのことで、一般操觚者が有力な二三の人の例によって正比例的に利益を得ているどころか、むしろ反比例的に、利益を減じているのである。何となれば、一般の雑誌経営者がその編輯のために支払う費用の中には自ら一定の額があって、その額の中から特別に過分な支払いをする場合には、いずれはその残額は一層少いものになってしまう。百の中から十を減いて残りの九十を他の九人が分ける代りに、同じ百の中から一人の人が二十を減き去った残りの八十を他の九人が分ける時に、この同じ九人の分け前は前者の場合と後者の場合とどちらが多いか少いかは、尋常二年生の算術である。——わかりますかね。それとも諸君は、今日の雑誌経営者が有力なる人の一言の要求によって、俄かに編輯費全部を今までの倍額に例えば百を二百にですよ、激増すると信ぜられるか。僕の言わんとするのはまたこの点である。

一人の人に沢山支払ったがために、他の一人あるいは九人の人間が、より少く受けるかどうかはしばらく疑問としてみてもいい。一人の人が今までの倍額を支払われるに対して、他の人々が今まで通りであるとしたならば（——これは雑誌経営者に対して出来る限りの好意を示した観察であるが、）この場合においてでさえも、同じ職業の人々の間にその報酬において甚だしい上下の懸隔を生ずることは、それ自身として決していい現象ではない。況んやそれが芸術家の場合においては。

一体、その他の仕事といえどもそうであるかも知れないが、就中（なかんずく）芸術の事業の如きは、その仕事が本当になされる場合、手を抜くとか、誤魔化すとかいうようなことの殆んど出来難いものであって、もし強いてそれが出来るとすれば、それは非常なる才能だけが咳唾珠（がいだたま）を成すが如く、その得手勝手な活動が——手を抜くも誤魔化すもなく、あらゆる欠点がそのまま美を現出するような、奇蹟的な出来事の場合のみである。仕事する者が初心の人であり、忠実な人であり、世に現われない人であればあるだけ、戦々兢々として一字一句にも汗血をしぼっているはずである。その苦心と従って費すところの時日とにおいては、一流の才能たると五流の才能たると何の差別ないばかりでなく、むしろ才能の少いことを自覚する人ほど、一層多く努力するのが事実である。そうして彼等の作品が、世に迎えられないために、苦心の作品が活字になるという機会も甚だ稀なこともまた事実である。そうしてそれが世に現われる場合に与えられるところの報酬が甚だ少いような場合には、彼等の才能あるいは運命のせいがあるにしても、彼等は勢一ぱいの仕事にあまりに僅かしか受けられないことになる。清貧はおろか、彼等は恒に饑渇（きかつ）に脅かされるかも知れない。一人の名を成した作家の蔭には古来そのような沢山の作家がいた。已（や）むを得ないことではあり、また名を成すと成さざるとに拘らず、各々そこに芸術家の楽しみはあるに相違ないが、しばらく僕は諸君に訴える。そのような作家とてもまた、世の流行的作家とともに、ペンを執るとともにパンを喰わなければならないのである。ついに世に出る事が出来ないような作家については、残念ながら僕はこれをどうしていいか知らない。しかしともかくも一たび世に出るようになった作家の、それほど世にときめかぬ人の場合を考えてみよう。

流行的な作家がその断翰零墨（だんかんれいぼく）でも世に悦ばれ、彼等が要求する場合には、どんな一行に対しても金を支払れるに対して、普通のあるいはそれ以下の名声をしか持たない作家の場合には、非常なる努力の作品のしかもそのうちの極めて僅かなるものが、極めて偶然の場合にしか、パンを得るもとでになることはない。それらの場合において、彼等の受けるところの稿料は、恐らく流行の作家の十分の一あるいは十五分の一にも足らぬらしい。仮りにこれらの作家が、半年に一度百枚の作品を金に代えることが出来るとする。彼等の一年の収入は恐らく一流の作家の半月分の仕事のそれにも及ばぬであろう。たとえそれが年少独身の書生であっても、恐らく下宿代にも足りないかも知れない。従って彼等はその生活を十分に支えるために、心にもない文章を、時には自分の名を署することを恥じなければならぬような文章を書かなければならない。貧すればどんする譬(たと)えで、恒産を得ないがために僅少な利について往々にして品位を忘れる者もある。心柄ではあるかも知れないけれど、僕は同業者がそのような状態であることを見るのを愉快なる現象とは思わない。

　仮りに僕は今日あらゆる作家の稿料が殆んど均等であるとしても、そこに少しも不合理がないような気がする。何となれば、有名な作家は作毎にこれを世に問い、これを金にする機会を持っている。彼等は書きさえすれば、いや書くことを欲しない場合にでも、人々は書かせて金をくれる。これに反して、かの三月あるいは半年に一度ぐらい編集者が雑誌の顔触れを変えるぐらいの色合いに、僅かに原稿を買って貰えるような作家が、たとえ今日の第一流の作家並みに支払われても、その年収においては結局、決して多額なものではないであろう。たとえお互いの稿料の上下などによって作家が一流と三流と五流とを定めずとも、読者が作家に支払うところの敬愛――無価の償いによって、人各々の才能は自ら酬いられているはずである。――これはあまりに空想家の夢であるかも知れない。しかしすべての芸術家自身が仮りにそう考えるとしたならば、これは直ちに実現することも出来る夢なのである。そうしてこれを到底実現されない夢と思う人々があることに依って、単にそれだけの理由に依って、これは遂に実現されないのである。

以上のように信じている僕は、稿料などの点において、いやが上にも甚だしい懸隔が生じてそれを一向怪まないところの文学者自身を疑わざるを得ないのである。

かえすがえすも言うが、僕はこのとおり何時どこで文学者に清貧を要求したか。むしろ僕は考えた、出来る限りの文学者をして恒産ある者たらしめ、また出来る限りの文学者をして恒心ある者たらしめよ。不当な収入は決して恒心を養うものではなく、ただ俗輩をして野望を遂げさせ、庸人をして安逸を貪らせるにしか役立たない。

《中略》

雑誌経営者と文芸家との関係を見る時、僕は、今日一般の文芸家がいかにその特有の社会的地位を失ったかを感ぜずには居られない。彼等が第一流の文芸家を遇することは、なるほど必ずしも侮蔑的ではないかも知れぬ。しかしそれは文芸家各々の個性と精神とを尊重した上でそうなのかどうかは、確かに一考するだけの値ある問題である。しかも、僕の見るところを以てすれば、ただ第一流の文芸家が単に多数の読者を持っていて、彼等雑誌経営者の商品を売捌(うりさば)く上において甚だ好都合であるために、仮りにそれらの作家を尊敬するが如き外貌をとるまでの事であって、この本心は要するに彼等自身が多く得られるところの利益を愛しているに過ぎないのである。即ち彼等に利益を与えるものでさえあるならば、それが文芸家であろうが、非文芸家であろうが彼等はそういう事には一向お構いないのである。これは彼等が不遇な芸術家を遇する態度を見る時に一目瞭然たることであって、もし真に彼等が芸術家を愛し、それを保護するの精神から出ているのであったとすれば、保護を要すべきものは第一流の作家ではなく、むしろ沢山の無名にして有為な年少の芸術家達でなければならない。しかし雑誌経営者が無名有為の作家を遇するのを見ると、それは宛(さなが)ら彼等が恩恵を与えているような態度なのである。敬愛の態度などは殆んど見ることが出来ない。要するに彼等は利を愛しているのであって、決して才を愛しているのでは無いのである。雑誌もまた、編輯者経営者が創造するところの人格的製作でなければならないと信じているところの僕は、今日の雑誌なるものが全く商品化し切っていることを恒（つね）に痛嘆している。しかしこれは一面已むを得ないことである。何となれば今日の雑誌経営者は単に商人だからである。商人に向って、利を外にして人格的事業を強要することはもともと間違っているとは思う。それにしても今日の状態はあまりに目にあまるように僕には感じられる。就中、殆んど総ての婦人雑誌の如き、その著しいものである。そうしてこの種の雑誌が最も多く文芸家に支払うという事実は、僕が今までにくどくどと述べている事柄を最も有力に論証しているのである。才を愛するのでなくして利を愛し、実を愛しているのでなくして名を愛しているところの大多数の雑誌経営者はそれ故に、恒に、その内容の如何（いかん）は問わずに、ただその広告によって、読者を釣ることを唯一の彼等の事業と考え、その弊害は、毎月出版するところの雑誌のために、甚だ大掛りの新聞広告を利用し、またその広告面にはまるで文体を成さないような文章を以て、恰（あたか）も無智な人間を誘惑するが如き文句を連ねて、広告さえあれば内容は必要なきが如き、執筆者と読者を侮辱する態度をあからさまに物語っていた。

　内容よりも広告の方が重要であるというが如き奇体なる現象——羊頭狗肉どころか、僕には、看板さえよければ酒は要らぬと言ったチェスタートンの痛烈な譏笑（きしょう）を憶い出させるのである。まことに酒さえよければ看板などは要らぬという諺は、いつかずっと昔に人間が考えた理窟だったのだろう。そうして今日においては、その逆々に全くチェスタートンの言うとおりだ。それにしても雑誌の内容よりも広告面(づら)の方を編輯者が重んずるに至っては、どこに執筆者の面目があるのか。まさしく執筆者に対する最も重大な侮辱である。

　このような編輯者の態度は、無論その内容にまで及んでいるので、彼等は読者の品位や社会の好尚を傷(きずつ)けるかどうかなどは、一切もうその念頭にはないので、だからして、その総ての頁を提げて心なきものの好奇心を捉えて、購買欲を唆(そそ)ることを唯一の智恵と心得ているのである。一代の文明を代表し、一国の好尚を現わすところの、また国民の教養に資すべきはずのあらゆる雑誌がかくの如き状態にあるという事は、文明批評家の決しておろそかに考えるべき問題ではあるまい。そうして彼等もまた一個の文明批評家でなければならぬ文芸家が、かくの如き現象については少しも考慮しないのみならず、最も驚くべき事には、文芸家の社会において重きを成すところの文芸家自身が、堂々と署名して編輯者としての名を冠した文芸雑誌の如きが、賢(さか)し気にこの風潮に乗ずるが如き奇観を呈するに至って、遂に文芸家と商人とは何の選ぶところもないことになってしまった。文芸家の社会的権威の如きは今日どこに求めたらいいのであろう。かくの如き風潮に対抗することこそ文芸家の事業であって、文芸家が団結して社会に訴うべき事実は、ただかくの如く文芸家の社会が商業主義の泥足によって蹂躙されている事に対する抗議と対抗策とによって、文芸家の精神を振起(しんき)する以外にあり得ようとは思えない。この精神なしに行われる一切の文芸家の運動は枝葉の問題で、仮に有害でないまでも、無益に終りそうな気がする。場合によっては甚だ有害な結果をも来しそうに思う。我が国にも近年、文芸家協会があり、その重要な創立者の一人である同会員の言葉によれば、この協会は甚だ実行力に富み、沢山の事業をしているという事であるが、果して文芸家の名に相当した事業をしているだろうかどうか。僕の聞き得た同協会の有力な事業だという著作法の不備の改正の企ては、恐らく法律家にとっての方がもっと適切な仕事であろう。また、同業者の遺族に弔慰金を贈ることは、文芸家でなくとも、どの職業の人間でもやることである。また何の団体的意志をも規約をも要しない事である。むしろ個人の情操から出る方が本当であろう。そうして何の某の遺族にどれだけの弔慰金を贈ったということを一々数え立てることは、ひょっとすると文芸家の情操には遠いかも知れぬ。僕は不幸にして我が国の文芸家協会とは、文芸家というその解釈を異にしているらしい。僕がそこの協会員ではなくまたその存在に不満を抱く所以である。

《中略》

僕は、今日総ての雑誌が内容よりも広告を重んずるが如き傾向のあることを、文芸家として甚だ不満に思っていることはすでに述べた。

また今日多数の操觚者の生活が必ずしも容易でないのに、極く少数の小説作者だけが、広く一般社会の他の職業生活者の努力とまた生活に必要なる諸物価との均衡から考察して、無法に高価であることをも述べた。

また、同一職業の工賃の中にあまりに甚だしい懸隔を持つことはよくない事であり、就中、芸術家の場合には特に不合理なものであり、これをそれほど不合理と思わないところの人々は、すでに芸術的活動なるものを商業主義の奴隷としてしまって、これを怪しまず惜しまないところの俗悪人であることをもすでに述べた。

僕はこれらほぼ三つの見解から、一つの具体的な案を立ててみたのである。それは極めて簡単なことである。

即ち、雑誌の内容を成すところの総ての操觚者の仕事に対して、総ての雑誌社は、今日その広告料として支払っているものの何倍かをその編輯費に使用すべきことが、その第一の条件である。仮りに、いかに雑誌が商品であろうとも、売るべきものは結局その内容であって、その広告ではないからである。主客を顛倒(てんとう)してはならないのである。これを総ての雑誌経営者に聞いて貰うことは、決して僕が考えるところの文芸家の名を辱しめない要求であると信ずる。この要求によって支払われるところの編輯費を、今日の如く単に極く少数の小説作者のみがひとり要求するが如き事なく、むしろ総ての作家は市民としての自覚を以て、社会的均衡を害わない即ち生活に必要なるだけの（今日は生活に必要なだけも支払われていない職業も多々ある！が）ものを受け、即ち所謂最高額の稿料なるものを自ら決定し、そうして一方雑誌社は今日支払っているよりも、より以上の編輯費を支出するのであるから、勢いあらゆる種類の操觚者はたとえそれが最低のものでも、自ら多額になり、従って稿料の懸隔も今日の如く甚だしきものにはならず、ともかくも稍々合理的なものになろうかと僕は考えるのである。ただ、僕の言いたいのはこれだけなのである。そうして僕が希望するところのことは、僕一人では如何ともしがたい事柄ではあっても、団体的意志を以てすれば甚だ容易なことであり、また具体化するに、さほど面倒な方法とも思わないのである。即ち決して空論ではないつもりである。

そういうことをしてみてもあるいは五十歩百歩であろうというかも知れない。しかしその五十歩と百歩とこそは、吾々人間生活の中で甚だ重要なものである。――緑雨の言い草ではないが、一口に五十歩百歩のみというけれども、五十円百円と言えば人人は目の色を変えて騒ぐだろう。一笑。

僕はこのように考えた。そうして僕自身が意味のない独善に安んじて得たりとするのでない限りは、たとえ僕自身の稿料を僕自身が制限してみても、それは一時の気やすめにはなるとしても、恐らく何の社会的意義をも持たないであろう。事実において僕は敢て言うが、今日の作家の中でそれほど少い稿料を受けている自分だとは思わないにつけても、僕は恒にこの問題について相当の、心落ちつかざる感じを抱いている。そうして、僕は今までにも、僕の知る限りの雑誌経営者に向っては、広告料と編輯費との関係については、相手の不興をも顧みず、敢てこれを述べることをもしたし、またそれらの関係上稿料が甚だ少いと思える向には、時には稿料の値上をも要求しないではないけれども、その時には、僕は常に、単に僕一人ではなく、他のすべての人々にもより多く支払うことの当然を説くことをも辞せなかったつもりである。しかし、僕一人では結局どうすることも出来ないのである。

これらの問題はいずれにせよ僕自身が自らを高潔としているがために生れ出た考察ではない。誰かの言った如く、僕は濁っている世界にいる癖に自らひとり清いような顔をしているのではない。しかし濁った世界にいるものは、誰でもいつも濁った世界に満足し讃美しなければならぬ理由がどこにあろう。時あって自分の住む濁った世界に気づき、その塵埃を掃き出しまたその窓を開けることは、家の女中でもこれをすることではないか。

僕は、我が国に文芸家協会と名づけるものがありながら、その主要な一人物の口吻によってこのような問題などはとても受けつけてくれそうもないのを残念に思っている。残念至極に思っている。

諸君は無論僕の議論の主旨に反対する事も出来るだろう。しかしその時諸君は、今日の総ての雑誌が内容よりも広告を重んずることの、文芸家の立場から見て正当な会心な事や、今日少数の小説作者の報酬が一般社会の他の職業生活者のそれ及び日常生活に必要なる諸物質との均衡から考察して、一向不正当でも過分でもない事、また同じ操觚者仲間の報酬にピンからキリまで実に細かい階級と懸隔とのあることは甚だ愉快な好もしい現象である事、その他のさまざまな事柄を、甚だ合理的でまた正当であると論証し宣言するの必要が先ずある事を念頭に置いておくのが順序である。その上で、諸君はいかようにも僕の主旨に反対出来るだろう。

三、作家兼編集者たちの驚きの言動

続いて紹介するのは、ふたりの作家兼編集者の声。

ひとりめは、俳人として知られる高浜虚子(たかはまきょし)。虚子は、夏目漱石の小説家デビューのきっかけをつくった人物でもある。主宰していた俳句文芸雑誌『ホトトギス』に、何か書いてみてはと漱石に提案して生まれたのが、『吾輩は猫である』なのだ。

作品は大反響を呼び、『ホトトギス』は非常に売れた。ただ、虚子には気がかりなことが一つあった。漱石が第一回原稿を虚子に渡し、問題があれば指摘してほしいと伝えると、虚子はほぼ独断で、添削を行なったのだ。その弁明とも読める作品が、『「猫」の頃』である。

ふたりめに紹介するのは、菊池寛。菊池は大衆作家としてヒット作を連発するとともに、『文藝春秋』を創刊して、編集者としても辣腕を発揮した人物だ。執筆者に対しても、読者に対してもさっぱりとした態度で臨んだ菊池。その様子は、『文藝春秋』末に書かれた「編集後記」から垣間見ることができる。雑誌の売れ行きや原稿料など、金の話も隠さず展開するあたりは、やりすぎな気がしないでもない。

『吾輩は猫である』を添削したことを釈明する高浜虚子

「猫」の頃

高浜虚子

漱石が「我輩は猫である」を書きはじめた頃の事をふりかえってみる。その頃私はホトトギスの編輯(へんしゅう)の暇がある毎(ごと)によく漱石を訪ねた。何を話したかは少しも覚えないがフラフラと出かけて行って平凡な話をしてフラフラと帰って来たのに違いない。その頃漱石居を訪(おとな)う人は余り多く無かったように思う。遂ぞ私は他の客に出遇(であ)ったことがなかった。ただ寺田寅彦君が折々訪ねて来る位のものであった。……

その頃私は四方太、鼠骨、左千夫、節など一しょに文章会を開いていた。それは毎月自作の文章を持ち寄って朗読して互に批評し合うのであった。その文章会に持って行って読んでみるから、一つ漱石にも何か文章を作ってみてはどうかと云うことを話した。それからその文章会の日になって私は漱石の家に寄って文章が出来ているかどうかを慥めた。大方出来ていないであろうと想像したが、案外にも出来ていた。出来ていたばかりでなく私の来るのを待っているのであった。それから、

「一つ読んで見てくれませんか。」とのことであった。私は作者の前で声をあげてその一篇を朗読した。漱石は他人の作をきいて鑑賞するように熱心に聞いていた。そしておかしい所に到ると声をあげて笑った。朗読している私も覚えずフキ出さざるを得ない場合があった。

これが「猫」の第一回である。続いて「倫敦塔」という文章が書かれて帝国文学の編輯者の手許まで送られた。

その日は朗読に相当時間を費して文章会に出席するのが遅れた。私は早く出席しなければならぬと心急ぎがしたが漱石は愉快そうに私の朗読を聴いて居って時間のたつのも知らぬらしかった。それからこの一篇の標題がまだきめてなかった。「猫伝」としようかあるいは冒頭の一句の「我輩は猫である」というのをとってそのまま標題としようかどうしたものであろうと私に相談をした。私は無論「吾輩は猫である」の方を取ると云った。それから漱石に

所々に冗文句と思わるるものがあるのを削りとっても好いかと念を押した。漱石はどうでもしてくれとの事であった。その席上でも一、二の文句は削り去ることを勧めた。漱石は筆を執ってそこを削り去ったと記憶している。

後の漱石は私がそう云うことを云っても軽々しくは肯じなかったであろう。殊に虞美人草を書くようになってから後の漱石は自分の原稿を消して書きなおすと云うようなこともしなかった。一旦筆を下した以上はちょうど相撲がとり組んだもののようで、もう後には引けぬと云っていた。自分でも直すことを肯んじぬ位であるから、まして他人の言を聞いて抹殺するとか改削するとかいうようなことは容易承知しなかったであろう。が始めて猫を書いた時分の漱石はまだそれほどに自信がなかったので容易に私の云う事を聞いた。そこで自宅に帰って後に、私は作文書生の文章を点検するような積りで、仔細にこの猫の文章を検して無用の文句と思われるものは削除してしまった。私は今でも決して無益の削除をしたものとは思わない、これがために全体が引き締っていると思う。適当な剪除をなし得たものと思う。今でも少しも後悔するところはない。が猫の第二回以来は一躍して漱石が文壇の人となったので私は謹んでそういうことはしなかった。漱石の文章にはどちらかと云えば無駄が多い。剪採すべき部分が沢山そのままにしてあるような感じがする。吾が輩は猫であるの第一回と第二回以下とを仔細に読みくらべて見たならば自ら明かになるであろう。吾が輩は猫であるがホトトギスに発表せられると同時に、倫敦塔が帝国文学誌上に発表せられた。天下の読書子が立ち騒いだ。殊に大学の学生や卒業生の仲間が大学の教師がかかる創作をなしたということに驚喜した。漱石は一躍して文壇の大家となった。それから矢継早に創作を試みた。

始め猫は第一回きりで止めようかとも云った。あるいは二回以下続けてみようかとも云った。

「猫は続けて書こうかどうしようか。かくのならば材料はいくらでもあるのですが……」と漱石は私に向って云った。私は無論つづけて書くことを望んだ。……そして二回の時も私に朗読さすことは一回の通りであった。

そうしてそれを聴きながら可笑しいところに至るごとに嬉々として笑うこともまた第一回のときの通りであった。第三回のときも第四回のときもいつもそれは例になっていた。第二回以下のときに甚だしい冗文句と思われるものに出くわすと、私は少し朗読の声を絶って不興な顔をするのであったが、漱石は最早それらのことに頓着することなしに早く次を朗読することを促した。………

私の漱石に対して抱く最も懐しい感じは郷里の松山ではじめて漱石に会った時から、漱石が自ら創作家を以てたとうと志を定めたままでの間にある。漱石が創作家を以て立つようになってからの私との関係はどうもその昔ほど無邪気に行かなかった。猫の第一回をホトトギスに載せる頃は何にも心に介意する所はなかった。けれども一旦その猫の評判がよくて忽ち文壇の大家になった漱石に対してはどことなく第二回以下をたのむのにたのみづらくなった。
「第二回を書く方がよければ書こうか。」と云う漱石の言葉には少しも不純なものは交ってなかった。しかし私の
「ええ、書いて下さい」と云う言葉のうちには多少重たい響きがあった。
「何か文章を書いて御覧なさい、文章会に持って行って読んでみますから」と云うように軽く無邪気には云えなかった。第三回、第四回と数が重なるにつれていよいよその傾向は著しくなって来た。私がペンを執って猫の第一回の文章のところどころを抹殺した心地は、一漱石の文章を完璧なものにしようという心ばかりであって、何等そこに斟酌（しんしゃく）はなかったのであるが、第二回以下の多少飽き足らぬ節のあるのもそのままにしておこうと云う心のうちは、さきのように軽くすなおな心持ではなくなった。私の我儘な心持から云ったらばいつまでも漱石は大学の教師であって、ただ余技として文章を書き俳句を作る人でありたかった。そうして私と共に談笑して二時間も三時間も無用のことを談笑し時には謡をうたって時間を空費する人でありたかった。

高浜虚子、雑誌に強気な値段をつけて漱石を心配させる

雑誌五十二銭とは驚ろいた。今まで雑誌で五十二銭のはありませんね。それで五千五百部売れたら、日本の経済も大分進歩したものと見て、これから続々五十二銭を出したらよかろうと思います。その代りうれなかったら、これにこりて定価を御下げなさい。中央公論は六千刷ったそうだ。ほととぎすの五千五百は少ないというて居ました。

（夏目漱石から高浜虚子への手紙【1906年4月1日】より）

▼『吾輩は猫である』のヒットにより、掲載誌『ホトトギス』は売れに売れた。それ以前、部数はよくて2000部程度だったが、同作以降は8000部近く売れる号もあった。味をしめた高浜虚子は、同作10回目と『坊ちゃん』1回目が同時連載された号で、普段の1.5倍以上という、当時としては超破格の価格を設定し、漱石を驚かせている。もっともすぐには完売せず、3カ月後には40銭に値下げしたようだ。

菊池寛、雑誌の収支公開というタブーに触れる

原稿が多いために、四十頁近くなった。これでは、原稿料と出版費用とで約四百円。三千部刷って、七掛に売ったのでは、全部売れても二百円の損になる。広告料がいくらかは入るとしても、どうしても損である。

（菊池寛「編集後記」【1923年3月号】より）

▼『文藝春秋』創刊に次ぐ号で、雑誌の収支を公開する菊池。創刊号の売れ行きは好調だったようだ。別の箇所には、3000部のほとんどが売れたのでは、と書かれている。別の号に目を向けると、売れていないときははっきりと、売れていないと書いてある。読者を同誌のファンにするために、菊池はお金に関する情報もとことん公開した。

いやがらせを言う者に買われては迷惑だと本音の菊池

本誌について、好意のある悪口なら、いくらでも聞く。が、悪意のある悪口やイヤガラセを云って来る者がある。そんなものを持っている人は、本誌を買わなければいいんだ。新聞を取っている場合など、文芸欄などが野卑になると、目触りになって困るが、そんな場合とは違うんだ。イヤだと思う人には買って貰いたくないんだ。そんな人に買われちゃ、此方が迷惑だ。

（菊池寛「編集後記」【1923年3月号】より）

▼菊池の元には、創刊当初からさまざまな悪口が届いたらしい。雑誌のためになる意見を歓迎する一方で、悪意ある意見には断固たる態度をとると、たびたび言及している。何度も言及しているということは、注意しても腹立たしい意見が絶えなかったのだろう。

校正を送ってきた読者に感謝しつつ開き直る菊池

「校正春秋社」なる者から、「文藝春秋」六月号の厳格なる校正を送ってくれた。それに依ると誤植が、百七十ヵ所あるのに、駭（おどろ）いた。たいへん参考になってお礼を云う。だが、この「校正春秋社」たるものが、藤澤清造の小説の題が、四号活字で、ウキスキイの味となっていたのをそのままにしておいたなどは、「校正春秋」もあまり威張れないね。とにかく、これで見ても「神の如き校正」は、誰にも出来ないと見える。もう一人、浪人いその生と云う人も、校正をよこしたが、この人のは「校正春秋社」の半分も訂せてない。

（菊池寛「編集後記」【1924年7月号】より）

▼読者から、誤植の指摘も多かったらしい。菊池は申し訳なそうにそのことを書いているが、上記のように開き直ることもけっこうあった。菊池いわく、「編集者自身が、愛憎をつかしている位だから、読者諸君が騒ぐのも無理はない」。別の号では誤植が多い理由として、「校正の余裕がない」「いい校正係がいない」「印刷屋が忠実に訂正してくれない」、その他いろいろ、を挙げている。

誌面の掲載作にどことなく文句の菊池

創作欄の巻頭にのっている木村君の小説は、自分がのせろとも何とも云わないのに、編集を頼んでおいた連中がのせてしまったのである。

（菊池寛「編集後記」【1924年8月号】より）

▼木村君は、作家の木村幹。木村の『ひがみ』という作品が創作欄の巻頭を飾ったが、自分は関知していないと、わざわざ読者に伝えているくらいだから、菊池としては不服だったのかもしれない。

菊池寛、原稿料にケチをつける馬鹿に一言

一冊について二千円近い原稿料を払い、しかも百五十頁前後の本誌が二十五銭、三十銭などの定価は何人も文句のないはずである。分り切ったことだが、下らないケチをつける馬鹿がいるから一言しておく。

（菊池寛「編集後記」【1925年9月号】より）

▼原稿料をめぐる問い合わせも多かったらしく、中には上記のように、菊池を怒らせるものも。この文章の前には、「他の雑誌と遜色ない原稿料を払っている。遜色があるならいつでも遠慮なく言ってほしい」という旨も書かれているので、原稿料が少ないという意見があったのだろう。

第四章
愚痴や文句が喧嘩に発展

一、漱石の愚痴と癇癪

夏目漱石は、気難し屋で負けん気の強い人だった。勝手なことを言われれば、機嫌を損ねて愚痴を言い、理不尽な物言いには腹を立て、厳しい言葉が出ることもあった。

教職を辞し、朝日新聞社に入社したときには、わざわざ新聞紙面に『入社の辞』と題した文を載せ、大学時代の不満をこれでもかと書いている。入社後には弟子に愚痴の手紙を送って、気に入らない連中をこき下ろしている。いずれも漱石流のユーモアに彩られた、痛快な言い回しが特徴的だ。

一方で、癇癪を起こしたときの漱石はとにかく怖く、ユーモアなど微塵も感じられなかった。神経質になっているとき、機嫌が悪いとき、漱石は険しい言い回しで周囲を怒鳴りつけたものだから、弟子や家族からは非常に恐れられた。弟子の内田（うちだ）百閒（ひゃっけん）は、「虎の尾を踏まないように注意していた」と述懐しているが、うっかり虎の尾を踏んで、えらい目にあった弟子もいたようだ。

大学講師時代の不満を爆発させる漱石

入社の辞

夏目漱石

大学を辞して朝日新聞に這入(はい)ったら逢う人が皆驚いた顔をして居る。中には何故(なにゆえ)だと聞くものがある。大決断だと褒めるものがある。大学をやめて新聞屋になる事がさほどに不思議な現象とは思わなかった。余が新聞屋として成功するかせぬかは固(もと)より疑問である。成功せぬ事を予期して十余年の径路を一朝に転じたのを無謀だと云って驚くなら尤(もっとも)である。かく申す本人すらその点については驚いて居る。しかしながら大学のような栄誉ある位置を抛(なげう)って、新聞屋になったから驚くと云うならば、やめて貰いたい。大学は名誉ある学者の巣を喰っている所かも知れない。尊敬に価する教授や博士が穴籠りをしている所かも知れない。二三十年辛抱すれば勅任官になれる所かも知れない。その他色々便宜のある所かも知れない。なるほどそう考えてみると結構な所である。赤門を潜り込んで、講座へ這い上ろうとする候補者は――勘定してみないから、幾人あるか分らないが、一々聞いて歩いたらよほどひまを潰す位に多いだろう。大学の結構な事はそれでも分る。余も至極御同意である。しかし御同意と云うのは大学が結構な所であると云う事に御同意を表したのみで、新聞屋が不結構な職業であると云う事に賛成の意を表したんだと早合点をしてはいけない。

新聞屋が商売ならば、大学屋も商買である。商売でなければ、教授や博士になりたがる必要はなかろう。月俸を上げてもらう必要はなかろう。勅任官になる必要はなかろう。新聞が商売である如く大学も商売である。新聞が下卑た商売であれば大学も下卑た商売である。ただ個人として営業しているのと、御上で御営業になるのとの差だけである。

大学では四年間講義をした。特別の恩命を以て洋行を仰つけられた二年の倍を義務年限とするとこの四月でちょうど年期はあける訳になる。年期はあけても食えなければ、いつまでも噛り付き獅噛みつき、死んでも離れない積でもあった。所へ突然朝日新聞から入社せぬかと云う相談を受けた。担任の仕事はと聞くとただ文芸に関する作物を適宜の量に適宜の時に供給すればよいとの事である。文芸上の述作を生命とする余にとってこれほどありがたい事はない、これほど心持ちのよい待遇はない、これほど名誉な職業はない。成功するか、しないかなどと考えて居られるものじゃない。博士や教授や勅任官などの事を念頭にかけて、うんうん、きゅうきゅう云っていられるものじゃない。

大学で講義をするときは、いつでも犬が吠えて不愉快であった。余の講義のまずかったのも半分はこの犬のためである。学力が足らないからだなどとは決して思わない。学生には御気の毒であるが、全く犬の所為（せい）だから、不平はそっちへ持って行って頂きたい。

大学で一番心持ちの善かったのは図書館の閲覧室で新着の雑誌などを見る時であった。しかし多忙で思うようにこれを利用する事が出来なかったのは残念至極である。しかも余が閲覧室へ這入ると隣室に居る館員が、無暗（むやみ）に大きな声で話をする、笑う、ふざける。清興を妨げる事は莫大であった。ある時余は坪井学長に書面を奉って、恐れながら御成敗を願った。学長は取り合われなかった。余の講義のまずかったのは半分はこれがためである。学生には御気の毒だが、図書館と学長がわるいのだから、不平があるならそっちへ持って行って貰いたい。余の学力が足らんのだと思われては甚だ迷惑である。

新聞の方では社へ出る必要はないと云う。毎日書斎で用事をすればそれで済むのである。余の居宅の近所にも犬は大分居る、図書館員のように騒ぐものも出て来るに相違ない。しかしそれは朝日新聞とは何等の関係もない事だ。いくら不愉快でも、妨害になっても、新聞に対しては面白く仕事が出来る。雇人（やといにん）が雇主（やといぬし）に対して面白く仕事が出来れば、これが真正の結構と云うものである。

大学では講師として年俸八百円を頂戴（ちょうだい）していた。子供が多くて、家賃が高くて八百円では到底（とうてい）暮せない。仕方がないから他に二三軒の学校を馳（かけ）あるいて、漸くその日を送って居た。いかな漱石もこう奔命につかれては神経衰弱になる。その上多少の述作はやらなければならない。酔興（すいきょう）に述作をするからだと云うなら云わせておくが、近来の漱石は何か書かないと生きている気がしないのである。それだけではない。教えるため、または修養のため書物も読まなければ世間へ対して面目がない。漱石は以上の事情によって神経衰弱に陥ったのである。

新聞社の方では教師としてかせぐ事を禁じられた。その代り米塩（べいえん）の資に窮せぬ位の給料をくれる。食ってさえ行かれれば何を苦しんでザットのイットのを振り廻す必要があろう。やめるなと云ってもやめて仕舞う。休（や）めた翌日から急に脊中（せなか）が軽くなって、肺臓に未曾有の多量な空気が這入って来た。

学校をやめてから、京都へ遊びに行った。その地で故旧と会して、野に山に寺に社（やしろ）に、いずれも教場よりは愉快であった。鶯（うぐいす）は身を逆（さかし）まにして初音（はつね）を張る。余は心を空（そら）にして四年来の塵を肺の奥から吐き出した。これも新聞屋になった御蔭（おかげ）である。

人生意気に感ずとか何とか云う。変り物の余を変り物に適するような境遇に置いてくれた朝日新聞のために、変り物として出来得る限りを尽すは余の嬉しき義務である。

気に入らない連中をホタルに例えて弟子に愚痴る漱石

僕が洋行して帰ったら、みんなが博士になれ博士になれと云った。新聞屋になってからそんな馬鹿を云うものがなくなって近来晴々した。世の中の奴は常識のない奴ばかり揃っている。そうして人をつらまえて奇人だの変人だの常識がないのと申す。御難（ごなん）の至（いたり）である。ちと手前どもの事を考えたらよかろうと思うがね。あんなおめでたいやつは夏の蛍同様、尻が光ってすぐ死ぬばかりだ。そうして分りもしないのに虞美人草（ぐびじんそう）の批評なんかしやがる。虞美人草はそんな凡人のために書いてるんじゃない。博士以上の人物即ち吾（わが）党の士のために書いているんだ。なあ君。そうじゃないか。

（夏目漱石から小宮豊隆宛ての手紙【1907年8月6日】より）

▼朝日新聞で初の連載作品『虞美人草』を執筆していた頃の手紙。漱石は朝日入社前、英国留学を経て東京帝大などで教鞭をとっていた超エリート。周囲から博士になることを当然視されていたようだが、大学の仕事に嫌気が差していた当人からすれば、もっての他だった。博士嫌いは徹底しており、のちに文部省が漱石へ博士号を授与することを決めると、漱石はこれを辞退している。

弟子の画家が苦労して描いた徳利の絵に漱石が辛口評価

あれは貧乏徳利だ

（津田青楓『漱石と十弟子』より）

▼漱石の弟子に、津田青楓（つだせいふう）という画家がいた。書画骨董に関心のあった漱石は、津田の作品に意見を述べることもあった。師の意見には一目置いていたものの、あるとき上記のように、自信作である徳利の絵を切り捨てられて、カチンときた津田。丁寧な言葉を使いつつ、手紙で漱石に思いのたけをぶつけている。非を悟った漱石は、徳利の絵を改めて鑑賞。今度は高く評価している。

被害妄想で学生が悪者に見えてしまう漱石

おい、探偵君。今日は何時に学校へ行くかね

（夏目鏡子『漱石の思い出』より）

▼漱石は、極度の被害妄想に陥って周りの人間を信用できず、怒鳴り散らすことがあった。特に大学講師時代にその傾向は著しく、隣家の話し声でさえ自分の悪口だと思って、神経質になっていたようだ。向かいの下宿に住む学生を自分をつけている探偵だと思いこみ、朝になると下宿の方向に向かって、上記のように怒鳴っていたという。

弟子にブチ切れる漱石

生意気云うな。貴様はだれのお蔭で、社会に顔出しが出来たと思うか

（内田百閒『虎の尾』より）

▼毎週木曜日は、弟子たちが漱石の自宅を訪れる木曜会の日だった。普段は軽口を叩く漱石だが、連載中には機嫌が悪くなり、口数が段々と少なくなった。そんなとき、弟子たちは「虎の尾を踏んではいけないよ」と話し合っていたが、うっかり踏んだ者はえらい目に遭った。上記のように「生意気云うな」と険しい調子で言われた者は顔が青ざめ、周りの者も呼吸がつまりそうになり、身動きができなかったという。

腕を出せと叱りつけた学生が事故で腕を失ったと知って

ぼくも、ない知恵をしぼって
こうして講義をしてるんだ。
君も無い手を出したまえ

（魚住速人『漱石と隻腕の父』より）

▼漱石が帝大講師だったとき、授業中に懐手を組んで、右腕しか出さない学生がいた。そんな態度は非常識だと漱石は激怒。授業を中断して癇癪声で、「君、手を出したまえ」と叫んだ。授業終了後、態度を改めない学生に叱責を加えようとしたが、別の学生から事情を聞いて、漱石は驚いた。学生は、事故で片腕をなくしていたのだ。事情を知った漱石は、申し訳なさと負けん気からか、上記のように言ったという。

弟子たちが信じられなかった漱石の死に際の言葉

真鍋君、どうかしてくれ、死ぬると困るから

（真鍋嘉一郎『漱石先生の思い出』より）

▼1916年12月9日、夏目漱石は家族や弟子に見送られて、生涯を閉じた。医師の真鍋嘉一郎（松山中学時代の漱石の教え子）いわく、上記が死に際の漱石の言葉。翌日の新聞にも「死ぬと困る」は載せられたが、これが物議をかもすことに。悟りの境地にいた漱石はそんなことを言わないと、一部の弟子が憤慨。漱石の妻も同じ言葉を聞いているが、納得しない弟子は多かった。真鍋はかなり恨まれたらしい。

二、夏目漱石 対 自然主義作家たち

『吾輩は猫である』でデビューして以来、夏目漱石は多くのファンを虜にしたが、敵もまた多かった。特に、同時代に流行した自然主義作家たちは、漱石を怨敵のようにみなして、たびたび攻撃を加えている。

自然主義作家は、自己告白を通じて、内面性の真実を描き出すことに注力していた。彼らからすれば、時流にとらわれず、ユーモアを交え、虚構をもって人間や社会を描いた漱石は、相容れない存在だった。

正宗白鳥（まさむねはくちょう）、田山花袋、岩野泡鳴（いわのほうめい）ら自然主義作家たちは、読売新聞に集って漱石批判を繰り返した。批判というよりは、ほとんど漱石への悪口である。

負けん気の強い漱石が、これに黙っているわけがなかった。岩野泡鳴には皮肉で応じ、田山花袋には自然主義への懐疑を投げかけ、言葉巧みに痛いところをついている。明快な論旨を前に、花袋は漱石に反論することができなかった。

漱石に入社を断られた読売新聞による復讐

「入社の辞」及びその他において、自己の不徳義を臆面もなく公にして、無邪気と疎放（そほう）との仮面の下に、世を欺き人を欺こうとした。而（しか）して彼は何らの悔ゆるところ恥ずるところもなく、傲然として大家を気取って得々としている

（読売新聞【1907年11月17日】より）

▼新聞社による漱石争奪戦は、朝日新聞に軍配が上がった。争いに敗れた読売新聞はきびすを返し、反漱石色を鮮明にしていく。正宗白鳥ら漱石を目の敵にする自然主義作家を中心に、漱石批判の記事を量産。漱石を破廉恥不徳義とこき下ろし、作品に対するあからさまな悪口を、堂々と誌面で展開することになる。

夏目漱石に対する自然主義作家の激しい反感

夏目漱石〈より〉

正宗白鳥

森田草平氏の『煤煙（ばいえん）』が朝日新聞に連載されて、評判になっていた時分のことである。ある日、私は、博文館の応接室で、田山花袋、岩野泡鳴（いわのほうめい）両氏と雑談に耽（ふけ）っているうち、談たまたま『煤煙』の価値に及んで、誰れかが非難の語を挿（はさ）んでいたが、「しかし、漱石の比じゃない」と、泡鳴は例の大きな声で放言した。

「それはそうだね」と、花袋は軽く応じた。

私は、黙っていたが、心中この二氏の批評に同感していた。「漱石の比じゃない」という評語を今日の読者が読んだら、「草平の作品は漱石には及びもつかない」という意味に解するかも知れないが、あの頃なら、その評語は、『煤煙』は、評判ほどのものではないにしても、漱石物のような詰まらないものではない」という意味に受入れられるのであった。それほど、あの頃の漱石は、一般の読者には盛んに歓迎されていたに関わらず、文壇からはおりおり侮蔑の語を投げられていた。泡鳴の如きは、最も勇敢に漱石や鷗外を蔑視して、『二流作』呼ばわりをもしていたのであった。

▼森田草平は漱石の弟子。平塚らいてうと心中未遂事件を起こして世を騒がせていた森田に、事件を題材に小説を書くよう漱石が勧めたことで、『煤煙』は生まれた。世間の耳目を集めた事件を当事者が書いただけあって、作品はよく読まれたようだ。

漱石にしてやられた経験を自然主義作家が強がりつつ回想

三度の面会

岩野泡鳴（いわのほうめい）

夏目漱石氏とは僕は師弟の関係もなければ、何等の恩儀を蒙ったこともない。その上、自然主義の論戦の時代には、彼の低徊趣味的思想や創作に随分反対の鉾先（ほこさき）を向けた。しかし彼を以て通俗小説家と高級芸術家との間を行く一作家としては十分にその位地を僕も認めていた一人である。大阪朝日新聞が一時菊池幽芳（きくちゆうほう）氏を押し立てたのに比べてみると、朝日新聞が夏目氏を買ったのは、遥かに意味のあることであった。

彼の創作は時代とあまりに縁が遠かった。これは僕の最も不満に感ずるところであったが、時代とそう密接に関係を感じない一般人の有する極くのんきな方面には、彼のその欠点であるのんきさ、即ち、むずかしく云えば低徊趣味的態度はちょっと面白いものであったろう。それは彼の通俗作家たる資質であった。ましてその上に、一般人が特別には学んでいない理知的方面のことが随分彼の作を読んでいると分って来るにおいてをやだ。

僕が彼に初めて会ったのは、僕の長篇小説『放浪』を東京朝日新聞に——単行本として出版する前に——一度載せないかと云う掛合をしに行った時だ。ところが、載せても好いが、ずっと前から交渉中のがあるので、そのきっぱりした返事を聞かないうちは、請合われないと言った。それは長塚氏の『土』であって、それが出ることになったので、僕のは断わられた。その後、長谷川二葉亭の追悼会のとき、夏目氏は演説をして、自分は世間から猫が好きだと云われているが、近頃は石に趣味を有つようになって、切りに石の面白さを研究していると言った。この時、僕もちょっと演説して、彼が石を好きになったのも尤もだ、低徊趣味よりは内容が充実しているかも知れないからと冷かした。

その後であったが、僕の『放浪』がいよいよ単行本に成るので、その自序をその前に朝日新聞の文芸欄に送ってみたところ、夏目氏から「内容が充実していないから」と断って来た。つまり、僕の以前に彼を批評した言葉を以て彼がまた僕をひやかしたのであった。僕はこの時、彼の真面目腐った皮肉を面白いと思って吹き出したが、これはその当時生田長江氏に僕から語ったことがある。その時長江氏が答えたには、夏目と云う人はどんな真面目なことをも不真面目に解釈してしまわなければ満足できない人だと。

その後、夏目氏が大阪の旅館で病気になり、とうとう病院に這入った。そして僕は当時大阪新報社員として同社を代表して彼を見舞ったことがある。これが三度目の面会であった。第一回の時にも第二回の時にも彼は少しも自分のことを語らないで、僕のことばかり訊いたが、第三回目には――病気で少し感傷的になってたからでもあろう――彼自身のことをもある程度まで打ち明けて語った。そし今水落露石氏が来てこんなことを言ってくれたとか、昨日は青木月斗氏がどうしてくれたかと云うことまでも語った。しかし彼はそのうちわの弟子に対して随分思い切った皮肉や悪罵を大胆にあびせかける人のように聴いているが、僕のような外部のものには、どうも大胆に出られず、実に卑怯らしいところが見えるので、相対して気持のいい人ではなかった。

その後、僕は彼に会ったこともなかった。彼の創作を読んだこともなかった。野上臼川氏がよく僕に向って一度一緒に漱石老を訪おうと云っていたが、とうとうその折もなくなってしまった。兎に角、僕は彼を観ることはちょうど坪内逍遥氏を観ると同じような心持であった。僕は逍遥氏を以て僕等一般の先輩として過去においてすでに仕事をしてしまった人と見做しているが、漱石氏も——実際は僕等と同時代に働いていながら、時代に痛切でなかったために——僕等には過去の先輩のように見えて居た。

軽妙でグサリとくる漱石による自然主義批判

田山花袋君に答う

夏目漱石

本月の「趣味」に田山花袋君が小生に関してこんな事を云われた。――「夏目漱石君はズーデルマンの『カッツェンステッヒ』を評して、そのますます序を逐うて迫り来るが如き点をひどく感服して居られる。氏の近作『三四郎』はこの筆法で往く積りだとか聞いて居る。しかし云々」

小生はいまだかつて『三四郎』をズーデルマンの筆法で書くと云った覚えなし。誰かの話し違か、花袋君の聞違だろう。疎忽なものが花袋君の文を読むと、小生がズーデルマンの真似でもしているようで聞苦しい。『三四郎』は拙作かも知れないが、模擬踏襲の作ではない。

花袋君は六年前にカッツェンステッヒを翻訳せられて、翻訳の当時は非常に感服せられたが、今日から見ると、作為の痕迹ばかりで、全篇作者の拵えものに過ぎないと貶せられた。褒貶は固より花袋君の自由である。しかし今日より六年後に、小生の趣味が現今の花袋君の趣味に達すると、達せざるとも固より小生の自由である。これも疎忽ものが読むと、花袋君と小生の嗜好が一直線の上において六年の相違があるように受取られるから、御断りを致しておきたい。

花袋君がカッツェンステッヒに心酔せられた時分、同書を独歩君に見せたら、拵らえものじゃないかと云って通読しなかったと云って、痛く独歩君の眼識に敬服して居られる。花袋君が独歩君に敬服せらるると云う意味を漱石が独歩君に敬服すると云う意味に解釈するものはないからこの点は安心である。

愚見によると、独歩君の作物は「巡査」を除くの外悉く拵えものである。（小生の読んだものについて云う）ただしズーデルマンのカッツェンステッヒより下手な拵えものである。花袋君の「蒲団」も拵えものである。「生」は「蒲団」ほど拵えて居られない。その代り満谷国四郎君の「車夫の家」のような出来栄えである。

拵えものを苦にせらるるよりも、活きて居るとしか思えぬ人間や、自然としか思えぬ脚色を**拵える**方を苦心したら、どうだろう。拵らえた人間が活きているとしか思えなくって、拵らえた脚色が自然としか思えぬならば、拵えた作者は一種のクリエーターである。拵えた事を誇りと心得る方が当然である。ただ下手でしかも巧妙に拵えた作物（例えばジューマのブラック、チューリップの如きもの）は花袋君の御注意を待たずして駄目である。同時にいくら糊細工の臭味が少くても、すべての点において存在を認むるに足らぬ事実や実際の人間を書くのは、同等の程度において駄目である。花袋君も御同感だろうと思う。

小生は小説を作る男である。そうして所々で悪口を云われる男である。自分が悪口を云われる口惜し紛れに他人の悪口を云うように取られては、悪口の功力がないと心得て今日まで謹慎の意を表していた。しかし花袋君の説を拝見してちょっと弁解する必要が生じた序に、端なく独歩花袋両君の作物に妄評を加えたのは恐縮である。

小生は日本の文芸雑誌を悉く通読する余裕と勇気に乏しいものである。現に花袋君の主宰して居らるる「文章世界」のごときも拝見して居らん。向後花袋君及びその他の諸君の高説に対して、一々御答弁を致す機会を逸するかも知れない。その時漱石は花袋君及びその他の諸君の高説に御答弁が出来かねるほど感服したなと誤解する疎忽ものがあると困る。序を以て、必ずしもしからざる旨を予じめ天下に広告しておく。

▼「ズーデルマン」は、ドイツの小説家ヘルマン・ズーダーマン（１８５７～１９２８）のこと。漱石は英訳で、ズーダーマンの著作を何冊か読んでいたようだ。漱石の蔵書にはドイツ語原著のズーデルマン作品もあるが、これを読んだのはドイツ文学を専攻する弟子・小宮豊隆にドイツ語を学んでからのことだとみられる（もっとも、漱石は学生時代からドイツ語が得意で、テストの点数は90～１００点ばかりだったようだ）。『カッツェンステッヒ』は、ズーダーマンが１８９０年に発表した小説 ***Der Katzensteg***。日本語で「猫橋」の意。

三、同業者をこき下ろす作家たち

自作に厳しい作家なら、他の作家にも厳しかったとしても、おかしくはない。むしろ同業者だからこそ、共感できる面もあれば、絶対に相容れない面もあるのかもしれない。

谷崎潤一郎の場合、若い頃に傾倒した夏目漱石や永井荷風ら、尊敬する作家へは敬意を表したが、嫌いな作家は陰でとことん嫌うタイプだった。特に関西移住前の時分には、話題の作家であってもおかまいなし。普段は礼儀正しい谷崎だが、親しい友人や編集者の前でなら安心したのか、嫌いな作家や作品を、次々に槍玉にあげている。

また、信頼し合っているこそ、相手にストレートな言葉をぶつけてしまう作家もいた。よくやらかしたのが、詩人の萩原朔太郎だ。朔太郎は、信頼した相手に対して、怒られてもしかたがないようなことを平気で言った。その標的となった芥川龍之介の反応が、なかなかに熱い。

谷崎潤一郎が我慢ならないと思っていた小説家

島崎藤村の文章は我慢ならぬものだし、
室生犀星のは悪文であり正宗白鳥のは拙文

（雨宮庸蔵『偲ぶ草』より）

▼作家の好みがはっきりしていた谷崎潤一郎。島崎の代表作『破戒』は技巧的にへたくそ、思わせぶり、作者の実生活もずるいと散々な評価を下している（藤村の詩は評価していたらしい）。白鳥については人柄を評価しながらも、文章はまずいと思っていたようだ。

友人・佐藤春夫を田舎者扱いする谷崎潤一郎

あれは田舎っぺなんだよ。だから浅草の体臭がわからないんだ

（今東光『十二階崩壊』より）

▼谷崎潤一郎が若い頃、浅草は映画やオペラなど、西洋由来の目新しく派手な文化の発信地だった。そんな雰囲気を谷崎は好み、オペラを上演する日本館をよく訪れた。一方、佐藤春夫は浅草にさほど興味を持たず、オペラにも関心がなかった。その佐藤に対する、谷崎の評。

谷崎潤一郎、平塚らいてうの恋を槍玉にあげる

昔、平塚雷鳥なんて新しがり屋の女も
浅草の海禅寺で南天坊の会下(えけ)で座禅
やったもんだが、座禅の成果は若い燕
を抱くに至ったのは笑止千万さ

（今東光『十二階崩壊』より）

▼女性解放運動で知られる平塚らいてうは、５歳年下の画家・奥村博史と、婚姻届けを出さずに暮らしていた。当時の常識はそれを許さず、ふたりは非難の的に。谷崎も好意的に見ていなかったようだ。「若い燕」は、「年上の女性の愛人の若い男」という意味。この事件をきっかけに生まれた慣用句で、奥村の友人がらいてうへ、奥村を騙って宛てた手紙にあった言葉。

谷崎潤一郎による菊池寛への辛辣な評価

今流行の菊池寛のテーマ小説なんか、
ありゃ浪花節だよ

（今東光『十二階崩壊』より）

▼新進作家として話題になっていた頃の菊池寛に対する、谷崎潤一郎の評価。菊池の小説は、近代的なテーマで勧善懲悪を描くわかりやすい内容だから、誰でも納得できて人気だと、谷崎は分析している。芸術性をつきつめる自身とは違うタイプの作家だと、思ったのだろう。

人気絶頂の横光利一を皮肉る宇野浩二

名前でトクしてませんかね

（木村徳三『文芸編集者の戦中戦後』より）

▼戦前には、川端康成以上に国民的な人気を誇った横光利一。編集者からみても華やかな存在で、「名前までもが芸術家らしくて、香気高い」と話題にされていたようだ。その様子を、作家の宇野浩二が皮肉った言葉が上記。

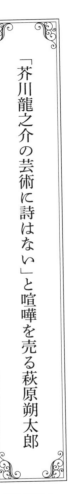

「芥川龍之介の芸術に詩はない」と喧嘩を売る萩原朔太郎

詩が、芥川君の芸術にあるとは思われない。
それは時に、最も気の利いた詩的の表現、
詩的の構想をもっている。だが無機物である。
生命としての霊魂がない。

（萩原朔太郎『芥川龍之介の死』より）

▼詩人の萩原朔太郎が、とある席で演説した内容。朔太郎は芥川と、詩をテーマに論戦をしようとしていたらしい。この席には芥川龍之介も呼ばれていたが、当日は不参加だった。だがしばらくしてある夜突然、芥川が朔太郎の家を訪ねた。そのときの芥川の台詞が次ページのもの。

朔太郎宅にすごい剣幕で現れた芥川龍之介

君は僕を詩人でないと言ったそうだね。どういうわけか。その理由をきこうじゃないか？

（萩原朔太郎『芥川龍之介の死』より）

▼朔太郎邸を訪ねた芥川。芥川を慕う若者たちが一緒だった。芥川は朔太郎の顔を見ると、荒々しい語調で上記のように叫んだという。あまりの剣幕に朔太郎は一瞬慄然とし、「復讐に来やがった」と思って観念したそうだ。数日後、朔太郎は芥川宅を訪れ、詩をめぐってあれこれ話し合い、最終的には友情を確認することができたようだ。

四、菊池寛に企画をパクられたと怒る北原白秋

詩歌や童謡など、あらゆる創作に情熱を注いだ文学者・北原白秋。私生活でも情熱的で、喧嘩を起こすこともしばしば。そんな白秋が、作家で出版事業も営む菊池寛に、噛みついたことがある。白秋の弟・北原鉄雄が企画した児童全集の刊行を、菊池にパクられたと激怒したのだ。

当時としては、児童全集は珍しかった。だが、鉄雄が経営する出版社アルスが『日本児童文庫』を新聞にて告知した同日、同じページに菊池寛・芥川龍之介編集の『小学生全集』（興文社・文藝春秋社）も告知されていた。どうやら、事情に通じていた広告代理店と印刷所の手違いで、アルスの企画が興文社に渡ったらしい。

白秋はカンカンになって、『満天下の正義に訴う』を、各新聞社に発表。菊地らを厳しく責め立てると、その3日後、菊池と版元も反論文を出し、白秋と鋭く対立した（なお、両者とも広告のかたちをとって、自分たちの全集の宣伝もした）

アルスが告訴して争いは法廷にまで持ち込まれるが、結果は不起訴。いずれの全集も発売されることになった。

弟の出版企画を菊池寛がパクったと激怒する北原白秋

満天下の正義に訴う

北原白秋

卒直に申します。私は芸術を以て、詩を以て私の一生の道とし行為とする者であります。しかもまた童謡の作者であり、児童自由詩の提唱と振興とに、多年の熱愛と真実とを傾け尽している者であります。少くとも私は芸術上の良心乃至(ないし)は児童教育における根本精神の何たるかを自らは知っているつもりであります。

私はまた出版書肆(しょし)アルスの経営者北原鉄雄の兄であります。彼は私の肉親であり、愛する、信じ愛する弟です。私は弟を知っています。鉄雄は純心です、正しく生き正しくその信念と事業とに処しています。しかもまた彼は彼の道とする事において楽しんでいます。むしろ芸術家としての気稟（きひん）をさえ保持し表明して居ます。

正しき芸術、正しき童心、正しき出版道徳は、私の正しき弟はこの今日において汚濁されたのであります。

私は大義の上に立ち、人間として、芸術家として、また信ずる肉親の弟の兄として、堂々と闘います。信ずる道の上において、元より身命を賭している私であります。

アルスの「日本児童文庫」の計画は決して因由（いんゆう）なきものではありません。私は私の義弟山本鼎（かなえ）と、児童自由詩及び児童の自由画に就き、また芸術自由教育につき、かつて同志と雑誌「芸術自由教育」をも、弟のアルスに拠って刊行しました。私達同志は日本の児童のためになすべきことを思って行為しまた個々の私達の行為としました。その他私の盟友鈴木三重吉の行為はどうです。先輩として児童劇の坪内逍遥、童話の島崎藤村両先生はどうです。友朋小川未明の真実はどうです。私達以外にも、また、私達以上に直接に、世の教育家達が、その育英の上において、その道として、いかなる誠実といかなる努力とを、彼等児童のために献（ささ）げていることか。いかなる日常を日常としていることか。しかもこれに反して、かの菊池寛及び芥川龍之介両君が、この直接な真の信念と純愛の上においてまた何をなしましたか。

そこです。この根本について、静かに私の立つべきところに立ちます。
アルスの北原鉄雄は土田杏村（きょうそん）君の立案を得、さらに私達芸術の士と教育家の協賛、ならびにそれらの周密なる意向と、補訂とを以て、幾月かを慎重に熟慮し、またそれぞれに一流の学者を仰いで、漸くにして、完全に近しと自ら認むる「日本児童文庫」の最後の明細なる目録を作成し、そのプランを印刷しました。この事たる、たとい一同の協賛と個々の修正とを経たにせよ、かの独創と綜合（そうごう）の苦心とは全く鉄雄の「作品」であり、「芸術」でもありました。この必死の創作を冒され、且つこの信義に反かれ、しかもまた愈々に妨圧され、しかして弟は何とします。

事実は事実であります。私は私の詩の道において、その半生の行為において、些（いささ）かながら勝ち得た世の声名と信用とに、私の全責任を持つ者であります。

私は公人として、また弟の純性を知悉する兄として、弟の言行を信じます。また是認します。今度の告訴事件についても、遺憾ながら止むを得ないことと思います。

ただ、いやしくも詩に生きる私として、私は這般（しゃはん）のアルス対興文社及文芸春秋社の伏在した背徳と邪悪との真相について、剔抉（てっけつ）すべくあまりに自己の道を奉じている者であります。潔しとしません。しかしながら天は知る、否、すでに人をして言わしめているのであります。

私は恐懼（きょうく）しつつ、ただ専（もっぱら）に、私の詩の道より云う外は無いことを知っています。

アルスの「日本児童文庫」七十巻のうち、私は漸くにして三冊の編著と他の一冊の共著とを負担しました。それすら実に重任であります。「日本童謡集」、「日本新童謡集」「児童自由詩集」及び「世界童謡集」の一部、それらは、しかしながら、私の四十三年の生涯において、粒々辛苦して研究し、僅かに選抄し、創作し、翻訳したものであります。私は私の分を守ります。この専門以外において何を世の児童達のためになし、またなし得ましょうか。いかなる超人間がまた全責任を以て、良心を以て、真実の価値を以て、自身の業績手腕を以て、かの菊池寛のごとく「小学生全集」八十巻のうち三十二冊の編著と八冊の共著とをなし得ますか。驚くべくしかも極めて短日月の間において、何の躊躇するところなく、謙譲するところなく、反省なく、また忌避し、難渋するところなく、いかなる傲岸者、いかなる驕慢心が敢て昂然としてその多力無比を自信誇耀(こよう)し得ますか。真に道は尊むべく、己れは慎むべきだと思います。分際は真に知るべく、芸術の士は宜しく教育科学その他専門の学文については畏れて、真に接せず、また知る事の浅きは、他のそれぞれの実際研究家学匠等に譲るべく深厚の敬意を払うべきであることを思います。

翻って、私達「日本児童文庫」編纂の全員九十二名は各自に我が道に立ち、他を犯さず、相互に敬意と信頼とを以て、相寄り相扶(あいたす)けて、この現代において、必須なる、また真に意義あるこの事業の整斉(せいせい)と完美とを切に思うものであります。のみならず、国語の仮名づかい、送り仮名、漢語の字音、使用文字の範囲、制限等につき、真に日本の国を愛し、日本の言葉を愛し、児童を愛する教育家、学者、芸術家の選まれたる相信じた人士の間において、幾度か重大なる、恭謙なる、編輯協議会を催し、定むべく定め、考うべく考え尽したのであります。

しかもまた児童の読書の能力、活字の大小、組みの体裁、紙質、装幀、製本等の諸点についても、いかに細微なる凝議に慎みましたか。真卒と愛と理智とであります。しかも高雅と清純とであります。溌剌たる生々感を以て、児童とともに生長すべき私達でありますのです。事毎に営利のために云い、誣い、且つ策謀し、偽作する人間とはちがいます。

文芸春秋社主菊池寛君は芸術の士であるはずです。興文社及び文芸春秋社の計画に成るかの「小学生全集」において、すでにその名において、語義の未熟を恥じず、自らまた、文言の俗悪専念に思い至らず、しかもまた、同じく文芸春秋社の名を以て、菊池寛、芥川龍之介の責任編輯と大書し、しかもまたまた、自身菊池及び盟友芥川を以て、現代文壇の統帥者として過褒し誇示したる文章に対して、何が故に自ら忸怩たる真実心を以て自ら抑止しないのでありましょうか。かくまでも芸術に道はないものでありましょうか。かくまでも尊大不遜で自ら宜しとし、将たまた、慰め得られるでありましょうか。

また云います。かの「小学生全集」のある広告文において、著者よりは絶大なる発行所の歴史と金力とを信ぜよという風の卑劣俗悪なる傲語において、著者たる菊池寛自身その者が、彼自らに彼の文芸春秋社より低下し侮辱し、まさしく自己の精神的事業を葬って、しかく悔無く恥なくていいものかどうか。あわせてまた委嘱されたる「小学生全集」の著者、（しかも画に厚く、文に薄く、極めて薄く侮られても）彼等の人々は甘じて筆を執り、節を屈し、媚々易々としてなお且つ安んずべきかどうか。思い半ばに過ぎます。

道よ高かれ、士よ潔かれであります。

思います。現代のこの日本の文壇における代表者を以て任ずる、大見識大勢力のあるかのごとくこの一世の耳目を聳動（しょうどう）させていることにおいて、かの種々の営利言と俗情とは何とまた観るべきでありましょうか。たとい芸術の士と見ず、単に一商売としての彼と目して許すにしても、かのごとく商業道徳を無視し、出版精神を蹂躙して、恬として、一商社の共同者たるにおいて、何の感懐をすら何の自辱をすら感じないでありましょうか。

しかもまた、文相の推薦文を偽造し、一万八千円の奨学資金提供の美名を借り、恣（ほしいまま）にもこの日本全国の父兄の射倖心（しゃこうしん）を夢み、天真にして本来思無邪（おもいよこしまなし）の児童を勧誘して利を以て予約応募者の名を数えしむるごとき、この大胆、この暴悪、この冒涜を何としますか。一国の文教の蹂躙者を、このタンクをこの毒瓦斯（どくガス）を、私は戦慄します。

何が児童への愛でありますか。何が人間としての愛でありますか。何が日本民族の徳性でありますか。

児童よ、悪より守れ。児童よ、私は叫ぶ。私は熱涙滂沱（ねつるいぼうだ）としているのだ。誰が誰が、この日本のこの可憐な児童を自己の物的我執と営利欲の犠牲とし、堕獄（だごく）せしめつつあるか。邪悪であります。陋であります。曲であります。ああ、むしろ残虐であります。怒ったのです。私は怒ったのです。怒らずにはいられないのです。

菊池寛何者であります。寛の芸術何ほどであります。何の勢力が彼の過分至極の声名をいつまでも保持し得られましょうか。かの常に金力の豊富と偉大とを盲信し呼号する興文社が何でありますか。何が故にまた非理が理であり、悪が驀進（ばくしん）し、正が義が、正と義とでは有り得ませぬか。何のまた重圧が彼等本性の人間、芸術の士、または善良なる魂を虐げるものでありますか。

増上慢者（ぞうじょうまん）よ、自己の賤卑を、繊弱（せんじゃく）を知れ、倭小（わいしょう）にして知る無き汝に、やがては来るべき天譴（てんけん）は下る。

私は真に憤怒し、また浩然と笑う。

何を懼（おそ）るるのです。

ああ、ただ活社会は複雑です。いかなる権威者、勢力者、思想者、芸術の士といえども、多くは、ああ、多くは畏れます、顫（ふる）えます。利に奔（はし）り、邪に蹤（つ）き、悪を看過し、守持し、擁護さえするのであります。金です。押しです。滔々として蔽（おお）い流るる黒潮です。

誰に向って、弟は訴えるのです。その正を、義を、礼を、節を、純を、愛を、志を、誰に向って訴えるのです。何を以て自己を守り、何を以て自己を生かしますか。

遂に弟は法に訴えました。弟としてこの外に取るべき道の一つもこの喧騒にして渾沌たるこの現代は与えてくれないのです。

「玉砕しろ。勝つも負けるも無いのだ。正義だ、純であれ、人間であれ、よし俺は立つ。」

私はこの愛する弟の屍の上を超えて叫ぶとも、私は闘う、闘わねばならないのです。

日本の芸苑(げいえん)よ、甦ってくれ。

私は道の上に立つ、生命とする詩の、また大丈夫の道の上に立つ。

避けません。迫害よ、来れです。重大は最早「日本児童文庫」の以外にあります。

私は宣言します。

私は天下の児童を愛します。そうして弟を、ああ、私は私の弟を愛します。

私は人間であり、ありたいのです。

▼新聞広告では白秋の文に加え、義弟の山本鼎の文も掲載された。文中で「文相の推薦文を偽造」したとあるのは、興文社側が『小学生全集』の推薦者に三土忠造文部大臣の名前を出したことを踏まえている。別の広告では偽造の論証も行なっている。

菊池寛と出版社が北原白秋に滔々と反撃

待て！而（しか）して見よ
満天下の正義をして苦笑せしむる勿（なか）れ

菊池寛

自分について、北原白秋氏が、いろいろ云って居られる。白秋氏の如き、天馬にも比すべき芸術家が、御令弟の出版事業に、熱狂して自分に喰ってかかっていられることは、非常に気の毒です。だが、いくら御令弟の出版事業の敵だからと云って、自分を悪罵するが如きは、やり過ぎでしょう。自分は、先に「小学童話読本」八巻を二年余を費して、編輯（へんしゅう）した人間としては、今度のような全集を編輯するについて、不適任だと考えられない。否、文藝春秋社には、「小学童話読本」完成以後も、新しい童話集編輯のために編輯員が常置されています。社に来て下さる方には、いつでも二三年蒐(あつ)めた少年少女読物の文庫を御覧に入れましょう。今度の「小学生全集」の計画も今年の一月頃からやっていることです。廉価本全集全盛の昨今、こうした思付は御令弟が考えつくごとく、興文社が考えつくのは当然じゃありませんか。いな恐らく、大抵の出版書肆は考えついているでしょう。それを、御令弟独りの創意呼わりは、識者が聞いたら笑うでしょう。世界の少年少女文学の精粋たる「クオレ」「小公子」「家なき子」「ジャングルブック」「ピーターパン」などを廉価で頒(わか)つことだけでも、小学生全集は意義があるのです。北原白秋氏、山本鼎(かなえ)氏が、芸術家ならば、こう云う文芸的傑作を、僅に三十五銭で頒つことを欣(よろこ)んでくれないでしょうか。僕はこの点だけでも、この仕事が愉快なのです。「明治大帝」「乃木大将と東郷元帥」「陸軍及び陸戦の話」「海軍及海戦の話」こう云う健全な読物を入れただけでも、「小学生全集」の価値はあるのです。まして「幼年童話集」を初め、一二年向きの読物を入れたのは、「小学生全集」の一大特色で、この点はあなたの方も、きっと後悔されているでしょう。これは自分が「小学童話読本」から得た貴重な経験です。一番読物を欲しがるものは一年生二年生の児童達と親です。また今の少年少女読物は、一二年生を全く除外しています。

営利とか何とか云っているようですが、こうした仕事がどんなに奉仕的な仕事であるかは、北原氏などにも分っているでしょう。此方の方だけが営利的で、あなたの方だけが奉仕的な仕事だなどと都合がいいことを云うのは止(よ)して下さい。

僕一個としては、報酬の契約など全然なしにかかって居る仕事です、菊判三百頁の本を三十五銭に売って、多くの利益があるはずがないではありませんか。ただ興文社が、止むに止まれぬ出版欲を充たすためと、僕がこの仕事の重大な意義と壮快(そうかい)味とを感じてやっている仕事です。「小学生全集」が五百万一千万も売れれば、日本の文明は、一時に二三段も飛躍すると思うとかなり愉快な(ママ)からです。

正義とか芸術とか文教とか、そんな高飛車な物云いを、あんな時にするものではありません。少くとも一商人である令弟を防禦するときに使うべき言葉ではないでしょう。

また僕が分担している書目が多すぎるなど、いらない心配ではありませんか。よき編輯助手があれば自分でやる方がいい仕事が出来るのです。ただ文名だけあって、少年少女読物に手心の分らない連中に、大事な仕事は委(まか)せられないのです。一人の手で精神的方面、字句文章的方面を統一した方が、安心が出来るのです。勿論、一字一句の末にまで、僕は責任を持つ心算りです。くだらない心配をするよりも、出来上った仕事を批評して下さい。

ただ大方の諸君に云っておきたいことは、もし「小学生全集」の編輯なり刊行なりに不満があった場合は、僕と芥川とを責めて下さい。僕の生きている限りは、きっと立派なものを完成してみせます。ちゃんと編輯責任者がある事は、「小学生全集」の一大美点です。一つの営利団体である書肆が編輯して編輯顧問とか編輯協議会とか空名を連ねたものと、僕と芥川とが、全心をこめて編輯している物とが、根本的にどんな差違を示すかは、続々刊行される実物について比較して下さい。恐らく今後も、いろいろな悪口雑言を擅にすることでしょう。だが、僕はこれ以上、一言も云わないつもりです。そんな暇があれば編輯の方に割当てるのが当然です。もし第三者の中我々の言葉を疑うものがあれば、大戦中の英国政府の如く「待て！而して見よ」と云います。

唯(た)だ黙殺のみ

興文社
文藝春秋社

「小学生全集」に対して、あらゆる中傷とあらゆる讒誣(ざんぶ)とを擅(ほしいまま)にして居るものがあることは、皆様の御存知の通りです。こう云うみにくい、いがみ合いは、こうした少年少女相手の出版事業については、極力避けたいと思うので、従来から屢次(るじ)の中傷に対しては唯一意黙殺の態度を執(と)りました。さりながら相手が投げつける侮辱の泥を拭う事は時に止むを得ない事だと思いますので茲(ここ)に初めて解嘲(かいとう)するものであります。

正義呼わり、良心呼わりも、一つの商業政策として恰好なことかも知れません。しかし、一意事業の完成に専心して居るものと、相手を傷(きずつ)け相手を陥れんとしてあらゆる術策を弄し、甚しきに至っては訴うるが如き非常手段を取っている者と、いずれが本当に正しき事業をやっているかは識者の御判断を待つまでもないでしょう。「小学生全集」の山の如き威容に圧迫されて、周章狼狽死物狂いに、狂奔悲鳴する有様が皆さまのお目にもはっきりと分る事でしょう。

われわれは、彼等の妄言雑語をその度毎に説伏する方法はいくらでもあります。だが、われわれは、敵と論争抗弁する暇があれば、一秒一分でも、事業の完成に当てたいのです。どちらに誠実があり、どちらに良心があり、どちらに正義があるかは、今後二年に亘れる各自の出版事業で見て頂く外はないでしょう。ただ妄りに敵を傷け、敵を陥ることにのみ熱中せるものが、こうした神聖な出版事業の適任者であるかどうかだけは前以て皆様の冷静な御判断を得たいと思います。

もしそれ文相推薦文云々においては他の田中首相、高橋蔵相、中橋商相、小川鉄相、若槻前首相、床次総裁、後藤子爵から尽く立派な承認を受けて居りますのに、独り三土文相に限って何故に未承認のものを発表すると云う如き大胆不敵な行為を敢てするものがありましょうか。われわれはこれ以上には何も申しません。今後幾百千回に亘ってかかる軽妄のことを放つ者があっても本紙は唯黙殺するのみであります。

第五章

性愛がらみの問題発言

一、谷崎潤一郎の自由過ぎる性愛

自らの性愛を芸術にまで昇華し、優れた作品を生み出し続けた谷崎潤一郎。理想の性愛を追及する姿勢は、作品世界に止まらなかった。現実生活においても、この姿勢は徹底していた。

谷崎による性愛の自覚・肯定は、思春期から始まった。特に、学生時代にクラフト＝エビングの『性的精神病質』を読み、サディズムやマゾヒズム、同性愛、フェティシズムなどの分類を知ったことが、大きく影響したとみられる。友人に宛てた手紙を見ると、同書の影響が多分に感じられる。

デビュー後は自身の性愛に正直に向き合うあまり、トラブルになることもよくあった。自分が求める芸術に家庭的な結婚生活がそぐわないと気づき、パートナーをたびたび困惑させている。谷崎には3人の妻がいたが、いずれの女性も谷崎の性愛・芸術へのこだわりに、驚かされたことがあるようだ。

「惚れた女ならクソでも食う」と宣言する思春期の谷崎

辰野　ぼくは今でも覚えてるけど、君は中学時代に、惚れた女ならクソでも食うっていってたね。当時ぼくは君の気魄に呑まれたよ。
谷崎　そんな時代があったね。
辰野　今でもそんな気もちがあるかい。
谷崎　やア、ないこともないが……。

（『忘れ得ぬことども』より）

▼東京府立一中（現・日比谷高等学校）からの友人、辰野隆（たつのゆたか）との対談から。『少年の記憶』によると、幼少時から便への忌避感はなかったという谷崎。成長後も汚いものだという感覚が希薄だったのだろう。むしろ興味を持ち続けたようで、『青塚氏の話』『馬の糞』、随筆『厠のいろいろ』をはじめ、便に言及する作品を次々に書いている。

若き日の谷崎潤一郎によるマゾヒズム全開の恋

僕はまだその人にうち明けない。うちあけたらその人は僕を愛してくれるかどうか、今のところ全くわからない。たとえ愛してくれずとも僕の妻にさえなってくれればよい。僕はその人のまごころを必ずしも要求しない。僕はその人に欺かれてもよい、弄ばれてもよい、殺されてもよい。ただ何等かの関係で密接して居たい。その人の夫となれずば、甘んじてその人の狗（いぬ）、その人の馬、その人の豚となろう。

（谷崎潤一郎から大貫雪之助への手紙【1910年5月18日】より）

▼谷崎が20代前半のときの手紙。この頃に読んだマゾヒズムに言及する海外の書籍から、多分に影響を受けたようだ。文中の「その人」とは、日本最初の中華料理店・偕楽園の女中おきん（18歳）。周囲の反対を押し切って結婚を申し込むが、おきんからは断られている。

妻と性的嗜好が合わずに困る谷崎

丁未子(とみこ)はアンプロムプチユはきらいのよしにてペエジエントの要求に応じてくれません、室内にても白昼はいやがります。これにハ困り升(ます)

(谷崎潤一郎から妹尾健太郎への手紙【1931年6月13日】より)

▼古川丁未子は2番目の妻。結婚時の年齢は24歳、谷崎は45歳。「アンプロムプチユ」は「即座に」、「ペエジエント」は「野外劇」の意。つまり、「屋外での即興的な行為に応じず、屋内でも白昼からは嫌がる妻に困っている」という内容。生活面でのすれ違いもあり、ふたりは結婚から2年に満たず別居、その約2年後に離婚した。

子どもが生まれて谷崎が発した怖い一言

永遠に可愛くなるまい

（雨宮庸蔵『偲ぶ草』より）

▼愛する女性に献身的な谷崎だったが、結婚生活よりも芸術を優先していたために、パートナーが戸惑うこともあった。最初の妻千代は家庭的な女性で、谷崎が望むタイプではなかったために、夫婦生活は散々。生まれた子を見ても関心を示さず、子どもがさらに生まれることを恐れたという。もっとも、千代との離婚後には娘に心配する手紙を送っており、晩年には子どもを抱くようにもなっている。

泣きながら思い決したように谷崎が妻へ伝えた言葉

浮気をしても構わないよ

（谷崎松子『倚松庵の夢』より）

▼最後の妻である松子との年の差は、17歳。年老いて自身に性的能力がなくなると、松子に申し訳がないと思い始めた。そんな頃、松子のほうから、別の女性と浮気してはどうかと言われた谷崎。それに対して涙を流しながら、上のように言ったという。ただし、松子に近づいた男に対しては、文句の手紙を送ったこともあるようだ。

二、軽はずみな発言を連発する芥川龍之介

繊細で大人しいイメージのある芥川龍之介だが、実のところ社交家のおしゃべり好きであり、男女問わずに交友が広かった。時には女性に対して口をすべらせ、余計なことを言うこともあったようだ。

婚約者がいるのに既婚女性に甘い言葉を囁いたり、旅先で出会った芸者にラブレターを送ったりと、けっこう惚れっぽい。知的な女性へのあこがれもあったようで、本項で紹介する野々上豊子の他、年上の歌人・片山広子にも好意を寄せていたといわれる。

ほとんどの女性とは性的関係を持たなかったが、歌人の秀しげ子は別だった。芥川としげ子の出会いの場は、十月会という文士の親睦会。上流階級出身で新しい価値観を持ち、社交性に富んだしげ子に、芥川は惹かれたらしい。十月会での様子を週刊誌にすっぱぬかれ、動揺した芥川だが、そのまま交流は続き、あるときついに関係を結んでしまう。この経験を芥川は後悔し、思い悩むこととなる。

「結婚をしても恋愛は調整できない」と宣言する芥川

結婚は性欲を調整することには有効である。が、恋愛を調整することには有効ではない。

（芥川龍之介『侏儒の言葉』より）

▼『侏儒の言葉』は、芥川の警句集。友人の菊池寛が創刊した『文藝春秋』に、定期的に掲載された。上記は、「結婚」と題した警句。この言葉どおり、芥川は塚本文と結婚したのちも女性たちと広く交流し、いろいろと問題を起こすことになる。

婚約者がいるのに同僚の妻に惚れかかる芥川

結婚しても、あなたを忘れることはないように思います

（佐野花子『芥川竜之介の思い出』より）

▼佐野花子の回想文に見える芥川の台詞。花子は、海軍機関学校の物理担当教官・佐野慶吉の妻。同校に英語教官として勤めていた縁で、芥川と佐野夫婦は親しくなる。芥川は塚本文と婚約していたが、花子に好意を示すことがあったようだ。ただ、友人への手紙で、花子とみられる女性を念頭に、「少し女にほれかかったが　都合があって、見合わせた」と書いているので、恋愛感情はなかったとみられる。

行きつけの料亭の女主人への特別な感情

わたしは三十にならぬ前にある女を愛していた。その女はある時わたしに言った。――「あなたの奥さんにすまない。」わたしは格別わたしの妻に済まないと思っていた訣(わけ)ではなかった。が、妙にこの言葉はわたしの心に滲(し)み渡った。わたしは正直にこう思った。――「あるいはこの女にもすまないのかも知れない。」わたしは未だにこの女にだけは優しい心もちを感じている。

（芥川龍之介『侏儒の言葉』（遺稿部分）より）

▼芥川の甥の葛巻義敏は、「ある女」を、料亭小町園の女主人・野々上豊子だと推測している。知的な豊子に芥川は好意を寄せていたらしく、心中、もしくは駆け落ちの相談をしたのでは、とも言われている。自伝的作品『或る阿呆の一生』でも、豊子と思しき女性が特別な存在として描かれている。また、芥川が豊子の夫に殺意を抱いていた、というのも定説。

旅行先で出会った芸者にデレデレする芥川

1920年11月28日　原とみ宛

拝啓
先日中はいろいろ御世話になりありがたく御礼申上げます。今夕宇野と無事帰京しました。他事ながら御安心下さい。
あなたの御世話になった三日間は今度の旅行中最も愉快な三日間です。これは御せじじゃありません。実際あなたのような利巧な女の人は今の世の中にはまれなのです。正直に白状すると私は少し惚れました。もっと正直に白状するとよほど惚れたかも知れません。ただし気まりが悪いから、宇野には少し惚れたと云っておきました。それでも顔が赤くなった位です。可笑（おか）しかったら沢山笑って下さい。

その内にもっとゆっくり十日でも一月でも亀屋ホテルの三階にころがっていたい気がします。あなたはただ側にいて御茶の面倒さえ見て下さればよろしい。いけませんか。どうもいけなそうな気がするため、汽車へ乗ってからも時々ふさぎました。これもまた可笑しかったら御遠慮なく御笑い下さい。

こんな事を書いていると切りがありませんから、この位で筆を置きます。さようなら。

十一月廿八日　芥川龍之介

鮎　子　様　粧次

二伸　いろは単歌の「ほ」の字は「骨折り損のくたびれ儲け」です。今日汽車の中で思いつきました。　龍之介　拝

▼送り先は、芸者・原とみ。源氏名は鮎子。宇野浩二と共に訪れた諏訪で出会った。とみに好意を抱いていた宇野は、「ゆめ子もの」と呼ばれる作品群を描いている。芥川も、とみ子と一緒にいるのが楽しかったようで、帰京後にこの手紙を送っている。

芥川龍之介、既婚者への食い気味な態度が週刊誌のゴシップに

文壇風聞記〈より〉

XYX

▲芥川氏の社交振り▼

十日会の席で芥川龍之介氏が初めて秀しげ子女史に会ったそうであります。女史は女子大学出身で帝劇電気部主任秀氏の夫人ですが雅号の鞆音や本名で歌や、劇評を書いた事もあります。また、友達座の公達連に加って、三島章道氏渡欧記念の素人演劇を三島弥吉氏邸でやったほどの気の若い、面白い人であります。――さて、如才のない芥川氏はしげ子女史に

向って愛嬌たっぷりの語調で、親しげに話しかけていましたが、他の人は別に何とも思いませんでした。ところがその翌日芥川氏からしげ子女史の許(もと)へ手紙と書籍とが送り届けられました。書籍は氏の創作集で、手紙には昨夜は愉快でした、貴女が私の最も好きなある女性に似ていられたので……などと書いてあるので、流石のしげ子女史も芥川氏の社交振の巧みなのには一驚を喫したそうであります。それをきいたある人は好きな女性とは抑(そもそ)も何人であろうと揣摩臆測(しまおくそく)しましたが一向見当がつきません。しかし、氏が夏目漱石先生の第二の令嬢にして先頃結婚せられた人を好いていたと云う事は氏自ら屡々(しばしば)公言するところで動かすべからざる事実だそうであります。ともあれ、外の者なら、やれ、甘(あま)いとか、気障(きざ)だとかと云われるところを「社交家だわねえ」と云った位なところですまされるのを見ると何と云ってもやはり芥川氏は徳な人であります。

▼芥川の日記『我鬼窟日録(がきくつにちろく)』には、しげ子とおぼしき人物が登場する。「愁人(しゅうじん)」と表記された人物だ。この記述に基づくと、秀しげ子と芥川が密会したのは、はじめて顔を合わせてから3カ月後のこととされる。その後、芥川はしげ子から、「生まれた子どもがあなたに似ている」と言われたらしい。自業自得であるとはいえ、この出来事にショックを受けて、芥川は相当思い詰めたようだ。

三、遊びのつもりが痛い目にあう石川啄木

歌人・石川啄木は仕事のため、創作活動のために、北海道の妻子と離れて、東京でひとり暮らしをしたことがある。

だが、仕事に身が入らず会社をサボったり、友人たちから金を借りて女遊びに興じたりと、だらしのない日々を過ごすばかり。創作もうまく進まなかった。それどころか、文通を始めた女性に熱烈な恋文を送ったり、写真を送ってきた人に夢中になったりと、軽はずみな言動が目立った。

上京間もない頃には、旧知の女性と肉体関係を結んでいる。相手は、啄木が数年前に東京に住んでいたころ、新詩社の演劇会で出会った植木貞子（うえきていこ）。啄木の下宿を訪れているうちに、ことに及んでしまったらしい。

はじめはまんざらでもなかった啄木だが、次第に貞子がうとましくなったらしい。友人への手紙で、けっこう酷なことを書いている。その後、別れの手紙を書いて、関係を清算しようとした啄木。だが、納得のいかない貞子から、啄木は手痛い仕打ちを受けることになる。

まだ見ぬ文通相手・菅原芳子に心躍らせていたが…

筑紫から手紙と写真。目のつり上った、口の大きめな、美しくはない人だ。

（石川啄木の日記【1908年10月2日】より）

▼送り先は、大分県に住む菅原芳子。日記には住まいにちなみ「筑紫」の名でも登場する。『明星』に投稿した短歌を啄木が選んだことがきっかけで、文通開始。歌の添削から恋文へと手紙は変化し、「恋しい」「顔が見たい」と、啄木は何度もしたためている。だが、いざ顔写真が送られると、熱は急速に冷めてしまう。芳子は、啄木の好みの顔ではなかった。啄木が手紙を送る頻度は低くなり、文面は簡潔になっていく。

謎の美女・平山良子との交流に気持ちが高まる啄木

平山良子から写真と手紙。
驚いた。仲々の美人だ！

（石川啄木の日記【1908年11月30日】より）

▼平山良子という人から、手紙を受け取った啄木。菅原芳子の友だちだという。上のように喜んでいるのは、2度目の手紙に同封された写真が気に入ったため。だが、実は良子は男だった。ファンの平山良太郎が女性を装い文通しようとしたが、啄木が芳子を介して事実を知ると、文通は終わった。なお、のちに良太郎にやむなく手紙を送る必要が生じると、啄木は末尾に「平山良子殿」と書いて怒りを表した。

情交相手がうとましくなって冷たい態度の啄木

九時頃貞子さんが来た。かえりに送って
ゆかぬかと云ったが、予は行かなかった。
窓の下を泣いてゆく声をきいた。

（石川啄木の日記【1908年6月20日】より）

▼貞子さんは、京橋の踊りの師匠の娘・植木貞子のこと。啄木の前回上京時に顔をあわせた。5月7日に貞子からはがきが届いて以来、ふたりは頻繁に交流。肉体関係を結ぶに至る。だが、朝の7時前に枕元にやってきたり、留守でも部屋に入り込んできたりする貞子に啄木は愛想をつかし、別れの手紙を送るに至った。手紙と同日に書いた日の日記に、上の文が書かれている。

貞子にうんざりして友人にひどい愚痴を言う啄木

１９０８年６月17日　宮崎大四郎宛より

此方へ来てから、頻りに僕をたずねてくる江戸生れの女があった。それが、初め僕の身の上をすっかり知っていながら頗(すこぶ)るロマンチックなラヴをしたので、僕は妙な気持がしていた。するとその女が少し熱情が多すぎて来たからうるさくなっていた。と。十日ばかり以前の事、その女が小さいおできを四つ五つ顔に出して来て、
女「貴方は豆がお好きでござんすか？」
「きらいです。」
「羨ましいわ。私はまた豆が好きで好きで、此頃(コナイダ)も毎日のように蚕豆(そらまめ)をたべたもんですから、こんなに顔におできができちゃって。」

「…………」

「疱瘡より少し軽いようなもんですってね。」

僕はこのソラマメ以来、女は浅間しいもんだと思った。そしてたまらなくイヤになった。この頃はサッパリ来なくなった。この事は金田一君と並木君が逐一知ってるよ。ソラマメを喰う女は恋に失敗するね。

貞子に日記と原稿を奪われる啄木

1908年8月8日　啄木の日記より

室に入れば女中来りて告げて曰く、昨夜植木女来り、無理にこの室に入りて待つこと二時間余、帰る時何か持去りたるものの如しと。

室内を調ぶるに、この日誌と小説〝天鵞絨〟の原稿と歌稿一冊と無し。机上に置手紙あり、曰く、ほしくは取りに来れと。

予は烈火の如く怒れり。蓋し彼女、予の机の抽出の中を改めて数通の手紙を見、またこの日誌の中に彼女に関して罵倒せるあるを見、怒りてこれを持ち去れるものなり！

小樽なる桜庭ちか子女史より来信。また母が自ら書きたる手紙を読む。心は益々乱れたり。

この故に予はこの十二日間日誌を認むる能はず。またそのために時間を空費したる事少なからず。予は実にいふべからざる不快を感じたり。

如何にして盗まれたるものを取返すべきかにつきて、金田一君と毎日の如く凝議したり。一度、予怒りを忍んで彼女を訪ねしもあらざりき。翌日オドシの葉書をやる。無礼なる返事来る。行かず。十九日の夕に至り、彼女自ら持ち来りて予を呼出し、潸然（さんぜん）として泣いて此等の品を渡して帰れり。

ただ此日記中、七月二十九日の終りより三十一日に至るまでの一頁は、裂かれて無し。蓋しその頁に彼女に対する悪口ありたるなり。

これにて彼女の予に対する関係も最後の頁に至れるものの如し。

▼不在時に家に上がり込んだ貞子から、原稿と日記を奪われた啄木。ふたりとも怒り狂っていたようだが、啄木は友人の金田一京助と相談して、なんとか原稿と日記を取り返すことができた（日記から貞子の悪口に関する箇所が破り取られるが）。この騒動の半年後、啄木は浅草の花街にて、芸者になっていた貞子とたまたま再会。一夜を共にするに至る。この日の啄木の日記には、「実に不思議な晩であった」という言葉が、２度繰り返して書かれている。

◎引用箇所出典

太宰治「創生記」「富嶽百景」:『太宰治全集2』(文庫) 筑摩書房　１９８８

佐藤春夫「芥川賞——憤怒こそ愛の極点」:奥野健男編『恍惚と不安　太宰治昭和十一年』養神書院　１９６６

太宰治の手紙(太宰治書簡は、断りのない限り下記書籍が出典):『太宰治全集12』筑摩書房　１９９９

太宰治から佐藤春夫への手紙【１９３６年10月7日】:河野龍也編著『知られざる佐藤春夫の軌跡』武蔵野書院　２０２２

１９３６年11月11日覚書:東郷克美『太宰治の手紙』大修館書店　２００９

津島文治「肉親が楽しめなかった弟の小説」:山内祥史編『太宰治に出会った日』ゆまに書房　１９９８

青山二郎「酒場『ウィンゾァーの頃』」／高森文夫『過ぎし夏の日の事ども』／小出直三郎『訪問魔中原中也』:『新編 中原中也全集 別巻(下)』角川書店　２００４

中原中也の手紙:『新編 中原中也全集 5』角川書店　２００３

野田真吉『中原中也』泰流社　１９８８

中原フク述／村上護編『私の上に降る雪は』講談社現代文庫　１９９８

坂口安吾「二十七歳」:『定本 坂口安吾全集 3』冬樹社　１９６８

坂口安吾「私は誰?」:『定本 坂口安吾全集 7』冬樹社　１９６７

坂口安吾「負ケラレマセン勝ツマデハ」:『定本 坂口安吾全集 8』冬樹社　１９６９

小島政二郎『鷗外・荷風・万太郎』文藝春秋社　１９６５

小宮豊隆『漱石・寅彦・三重吉』岩波書店　１９４２

津田青楓『漱石と十弟子』芸艸堂　２０１５

里見弴『怡吾庵酔語』中央公論社　１９７２

夏目鏡子述／松岡譲筆録『漱石の思い出』文春文庫　１９９４

夏目伸六『父と母のいる風景』芳賀書店　１９６７

夏目漱石の手紙:『定本 漱石全集 22・23』岩波書店　２０１９

森鷗外「観潮楼閑話」:『鷗外全集 26』岩波書店　１９７３

高村光太郎、川路柳虹「鷗外先生の思出」:『高村光太郎全集 11』筑摩書房　１９５８

木村徳三『文芸編集者の戦中戦後』大空社　１９９５

野原一夫『回想 太宰治』新潮文庫　１９８３
雨宮庸蔵『偲ぶ草』中央公論社　１９８８
谷崎潤一郎「文壇昔ばなし」:『谷崎潤一郎全集22』中央公論新社　２０１７
佐藤春夫「文芸家の生活を論ず」:『定本 佐藤春夫全集19』臨川書店　１９９８
高浜虚子「『猫』の頃」:十川信介編『漱石追想』岩波文庫　２０１６
菊池寛「編集後記」『菊池寛文学全集8』文藝春秋新社　１９６０
夏目漱石「入社の辞」「田山君に答う」:『定本 漱石全集16』岩波書店　２０１９
内田百閒「虎の尾」:内田百閒『私の「漱石」と「龍之介」』ちくま文庫　１９９３
魚住速人「漱石と隻腕の父」:日本エッセイスト・クラブ編『思いがけない涙』文藝春秋　１９８８
真鍋嘉一郎「漱石先生の思い出」『日本医事新報』昭和15年6月15日
正宗白鳥「夏目漱石」:『正宗白鳥選集9』南北書園　１９４９
岩野泡鳴「三度の面会」:『定本 漱石全集 別巻』岩波書店　２０１８
今東光『十二階崩壊』中央公論社　１９７８
萩原朔太郎「芥川龍之介の死」:石割透編『芥川追想』岩波文庫　２０１７
北原白秋「満天下の正義に訴う」:『白秋全集35』岩波書店　１９８７
菊池寛「待て！而して見よ 満天下の正義をして苦しむる勿れ」／「唯だ黙殺のみ」:読売新聞【１９２７年5月28日】
辰野隆『忘れ得ぬことども　辰野隆対談集』三笠書房　１９５２
谷崎潤一郎から大貫雪之助への手紙:『谷崎潤一郎全集25』中央公論社　１９８３
谷崎潤一郎から妹尾健太郎への手紙:『谷崎潤一郎全集26』中央公論者　１９８３
谷崎松子『倚松庵の夢』中央公論社　１９６７
芥川龍之介『侏儒の言葉』文春文庫　２０１４
佐野花子『芥川竜之介の思い出』短歌新聞社　１９７３
芥川龍之介の手紙:『芥川龍之介全集18・19』岩波書店　１９９７
「文壇風聞記」:『新潮』大正8年9月号
石川啄木の日記:『石川啄木全集5』筑摩書房　１９７８
石川啄木の手紙:『石川啄木全集7』筑摩書房　１９７９

◎参考文献

〈書籍〉

『近代作家追悼文集成20　滝田樗陰 内藤鳴雪』ゆまに書房　１９９２
『檀一雄全集 7』沖積舎　１９９２
青木健編『作家年表 中原中也（新装版）』河出書房新社　２０１７
鷺只雄編『作家年表 芥川龍之介（新装版）』河出書房新社　２０１７
辻本雄一 監修／河野龍也編著『佐藤春夫読本』勉誠出版　２０１５
芥川文述／中野妙子記『追想 芥川龍之介』筑摩書房　１９７５
雨宮広和『父庸蔵の語り草』２００１
井伏鱒二『太宰治』中公文庫　２０１８
岩城之徳『石川啄木伝』東宝書房　１９５５
金田一京助『新編石川啄木』講談社文芸文庫　２００３
小山文雄『漱石先生からの手紙　寅彦・豊隆・三重吉』岩波書店　２００６
杉森久英『滝田樗陰　『中央公論』名編集者の生涯』中公文庫　２０１７
関口安義『芥川龍之介とその時代』筑摩書房　１９９９
谷崎終平『懐しき人々』文藝春秋　１９８９
千葉俊二『谷崎潤一郎 性慾と文学』集英社新書　２０２０
長尾剛『漱石ゴシップ 完全版』朝日文庫　２０１７
長尾剛『漱石山脈 現代日本の礎を築いた「師弟愛」』朝日新書　２０１８
七北数人『評伝坂口安吾　魂の事件簿』集英社　２００２
野々上慶一『文圃堂こぼれ話』小沢書店　１９９８
野々上慶一『中也ノオト』かまくら春秋社　２００３
村上護『文壇資料　四谷花園アパート』講談社　１９７８
村上護『中原中也の詩と生涯』講談社　１９７９
山岸外史『人間太宰治』筑摩書房　１９６２

山口昌男『「敗者」の精神史』岩波書店　1995
山崎光夫『胃弱・癇癪・夏目漱石　持病で読み解く文士の生涯』講談社　2018
山下多恵子『忘れな草 啄木の女性たち』未知谷　2006

〈論文〉
石崎等「『虞美人草』の周辺：漱石とズーデルマン」『跡見学園短期大学紀要号 11』1975
大沢博「啄木の作歌過程の心理学的分析　「東海」歌」への分析　総合的アプローチ」『岩手大学教育学部研究年報 35』1975
小林幸夫「〈軍服着せれば鷗外だ〉事件―森鷗外「観潮楼閑話」と高村光太郎」『日本近代文学館年誌 10』2015
草部典一「新しい作品解釈「創生記」論『国文学　解釈と鑑賞 42』ぎょうせい　1977
竹内清己「太宰治と佐藤春夫 ロマネスクの逢瀬 憤怒こそ愛の極限」『国文学 解釈と鑑賞 66』ぎょうせい　2001
細江光「肛門性格をめぐって」『甲南女子大学研究紀要 31』1994
森本修「芥川龍之介をめぐる女性」『論究日本文学 10』1959
山岸郁子「消費される〈モノ〉としての文学――〈大衆文学〉の成立をめぐって――」『昭和文学研究 26』1993

表記について

※本書では、原文を尊重しつつ、読みやすさを考慮した文字表記にしました。
・口語文中の旧仮名づかいは、新仮名づかいに改めました。
・文語文は、旧仮名づかいのままとしました。ただし、文語文中のふりがなは、新仮名づかいで表記しています。
・一部の書簡は句読点を補っています。
・旧字体は、原則として新字体に改めました。
・「ゝ」「ヽ」「〱」などの繰り返し記号は、漢字・ひらがな・カタカナ表記に改めました。
・極端な当て字など、一部の当用漢字以外の字を置き換えています。
・読みやすさを考慮して、一部の漢字にルビをふっています。
・明らかな誤字脱字は、出典など記載方法に沿って改めました。
・口語体のうち、漢字表記の代名詞・副詞・接続詞は、原文を損なわないと思われる範囲で、平仮名に改めました。
・補足がある場合は、（編注：～）と表記しています。
※年齢は、基本的には数え年で表記しています。

掲載作のなかには、今日の人権意識に照らして不当、不適切と思われる語句や表現がありますが、作品の時代背景と文学的価値とを考慮し、そのままとしました。

大作家でも口はすべる

2024年 1月22日　第1刷

編　者　彩図社文芸部

イラスト　伊野孝行

発行人　山田有司

発行所　株式会社彩図社
東京都豊島区南大塚3-24-4
ＭＴビル〒170-0005
TEL：03-5985-8213　FAX：03-5985-8224

印刷所　シナノ印刷株式会社

URL：https://www.saiz.co.jp　https://twitter.com/saiz_sha

ISBN978-4-8013-0701-8 C0095